NEW 스타일

한국어
속담·한자성어

活用韓文俗諺.漢字成語/韓國語教育研究所作；關亭薇譯.
-- 初版. -- 臺北市：日月文化出版股份有限公司, 2022.01
面；　公分. --（EZ Korea；37）
譯自：한국어뱅크 NEW 스타일 한국어 속담‧한자성어
ISBN 978-986-0795-84-4（平裝）
1.韓語 2.俗語 3.成語
803.238　　　　　　　　　　　110018206

EZ Korea 37

活用韓文俗諺‧漢字成語

作　　者：韓國語教育研究所
譯　　者：關亭薇
編　　輯：李映周
校　　對：李映周、郭怡廷
內頁排版：唯翔工作室
封面設計：呂佳芳
韓文錄音：吉政俊
錄音後製：純粹錄音後製有限公司
行銷企劃：陳品萱

發 行 人：洪祺祥
副總經理：洪偉傑
副總編輯：曹仲堯
法律顧問：建大法律事務所
財務顧問：高威會計師事務所

出　　版：日月文化出版股份有限公司
製　　作：EZ叢書館
地　　址：臺北市信義路三段151號8樓
電　　話：(02) 2708-5509
傳　　真：(02) 2708-6157
網　　址：www.heliopolis.com.tw
郵撥帳號：19716071日月文化出版股份有限公司

總 經 銷：聯合發行股份有限公司
電　　話：(02) 2917-8022
傳　　真：(02) 2915-7212

印　　刷：中原造像股份有限公司
初　　版：2022年1月
定　　價：280元
I S B N：978-986-0795-84-4

活用韓文

俗諺｜漢字成語

한국어뱅크 NEW 스타일 한국어 속담·한자성어

如何使用本書

1 收錄韓國人最常使用的 100 個俗諺以及 50 個漢字成語。

2 建議搭配插圖與例句，讓學習輕鬆又有趣！

3 標示 TOPIK 歷屆試題的回數。

1 다음 상황과 어울리는 속담을 고르십시오.
請選出與下列情境相符的俗諺。

> ① 가는 날이 장날
> ② 가지 많은 나무에 바람 잘 날이 없다
> ③ 같은 값이면 다홍치마
> ④ 겉 다르고 속 다르다
> ⑤ 고래 싸움에 새우 등 터진다

1 최 대리는 사람들을 앞에서 웃으며 대하지만 뒤에서 험담을 한다. (　　)

2 그 부부는 자식이 다섯 명이나 되는데 매일 사고 수습을 하느라 바쁘다.
(　　)

3 집에서 멀리 떨어진 유명한 식당에 찾아갔는데 그날 마침 문을 닫았다.
(　　)

4 과장님과 부장님의 의견이 달라서 사원들이 눈치 보느라 일을 못하고 있다.
(　　)

5 가격이 똑같으면 좀 더 기능이 많은 제품을 사는 게 좋지 않았어?
(　　)

1 다음 한자성어와 의미를 이으십시오.
請將下方漢字成語連接相對應的意思。

유언비어 ・ ・ 같은 무리끼리 서로 사귄다

유유상종 ・ ・ 아무 근거 없이 널리 퍼진 소문

유유자적 ・ ・ 한 가지 일을 하여 두 가지 이익을 얻는다

일거양득 ・ ・ 속세를 떠나서 자유롭고 조용하게 산다

자업자득 ・ ・ 자기가 저지른 일의 결과를 자기가 받는다

2 다음 빈칸에 알맞은 말을 넣으십시오.
請將適當的成語填入下方空格。

유일무이　일석이조　일취월장　일희일비　자포자기

1 이 귀걸이와 목걸이는 직접 손으로 만든 것으로 세상에 둘도 없는 _____ 한 제품이다.

2 시험 점수가 오르지 않아서 _____ 하는 수험생들이 많다.

3 매일 연습해서 실력이 _____ 으로 향상되었다.

4 작은 일에 _____ 하는 모습은 참을성이 부족해 보인다.

5 물물교환을 하면 안 쓰는 물건을 처분하고 필요한 물건을 얻을 수 있어서 _____ 의 효과가 있다.

3 가로세로 낱말 잇기
填字遊戲

①	①)	②)			
		②		⑤	
④)		③			
			④		⑤)
		⑤)	⑦)		
⑥)					

橫排

① 오직 하나뿐이고 둘도 없음
② 사업을 경영하는 사람
③ 외국인에 대한 출입국 허가의 증명
④ 신문, 잡지, 방송에 실을 기사를 취재하여 쓰거나 편집하는 사람
⑤ 한편으로는 기뻐하고 한편으로는 슬퍼함
⑥ 장사를 지내는 의식
⑦ 한 가지 일을 하여 두 가지 이익을 얻음

豎排

1) 돌 한 개를 던져 새 두 마리를 잡는다는 뜻으로, 동시에 두 가지 이득을 봄
2) 사는 곳을 다른 데로 옮김
3) 절망에 빠져 자신을 스스로 포기하고 돌아보지 않음
4) 나날이 다달이 자라나 발전함
5) 자기가 저지른 일의 결과를 자기가 받음
6) 일본 음식
7) 월요일을 기준으로 한 주의 마지막 날

 每 10 個俗諺或漢字成語後方皆提供練習題，請藉由解題來確認實力！

目錄

 俗諺

50

漢字成語

全書音檔線上聽（可自行下載），
請掃下方 QRcode 進入網頁。

100

속담
俗諺

1. 속담 俗諺

001 가는 날이 장날

어떤 일을 하려고 하는데 마침 뜻하지 않은 일을 우연히 당하게 되다.
指正要做某件事，卻恰巧碰上未預期的狀況。

→ 여름 휴가로 바닷가에 갔는데, 가는 날이 장날이라더니 태풍이 불어서 바다에서 놀지도 못하고 왔다.
暑假去海邊玩，好巧不巧碰上颱風來襲，玩也沒玩到就回家了。

> 장〔場〕：許多人聚集在一起買賣各種東西的地方（＝市場）。
> 장날〔場날〕：舉辦市集的日子。指以三天或五天為週期營運的市集。

002 가는 말이 고와야 오는 말이 곱다

남에게 말이나 행동을 좋게 해야 남도 자기에게 좋게 대한다.
指對別人好言善行，別人才會同樣善待自己。

→ 가는 말이 고와야 오는 말이 곱다고, 장사를 하며 만나는 손님 중에 웃으면서 인사를 해 주는 손님에게는 덤이라도 더 주고 싶더라고요.
俗話說：「禮尚往來」，做生意時，遇見笑著打招呼的客人，就會想送對方一些贈品。

003 가랑비에 옷 젖는 줄 모른다

가랑비는 조금씩 내리기 때문에 옷이 젖는 줄을 빨리 깨닫지 못한다는 뜻으로, 아무리 사소한 것이라도 그것이 계속되면 무시하지 못할 정도로 크게 된다는 말

意為下著毛毛細雨，所以無法很快意識到會弄溼衣服；比喻無論多麼瑣碎的小事，持續累積就會釀成不可忽視的大事。

→ 모아 두었던 돈으로 생활하게 되었는데 가랑비에 옷 젖는 줄 모른다고, 돈을 조금씩 찾아서 썼는데도 어느새 바닥이 나 버렸다.

本來想靠積蓄過日子，但是俗話說：「滴水可穿石」，即便每次都只領一點點出來用，還是不知不覺就見底了。

가랑비：毛毛雨

004 가지 많은 나무에 바람 잘 날이 없다

가지와 잎이 많은 나무는 작은 바람에도 잎이 흔들려서 잠시도 조용한 날이 없다는 뜻으로, 자식을 많이 둔 부모에게는 근심과 걱정이 끊일 날이 없다는 말

意為即使風再小，枝葉茂盛的樹木，也會隨風搖曳，所以沒有一刻是安靜的。比喻孩子很多的父母，每日的操心與擔憂不斷。

→ 가지 많은 나무에 바람 잘 날이 없다더니, 저 집은 아이들이 많아서 하루도 조용하게 넘어가는 날이 없네요.

正所謂「子女多無寧日」，那戶人家有好幾個孩子，所以沒有一天是安靜的。

005 갈수록 태산

갈수록 더욱 어려운 상황에 처하게 되는 상황
指處境越來越艱難。

➡ 남편이 아파서 내가 돈을 벌고 있는데 갈수록 태산
이라더니 회사에서 일을 그만두라고 한다.
老公生病後，由我負責賺錢，結果日子一天不
如一天，公司還要求我離職。

> **태산 〔泰山〕**：比喻又大又多。

006 같은 값이면 다홍치마 TOPIK 28

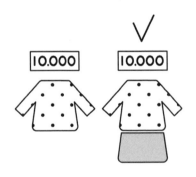

**값이 같거나 같은 노력을 한다면 품질이 더 좋은
것을 택한다.**
指若價格或付出的努力相同，就要選擇品質更
好的東西。

➡ 같은 값이면 다홍치마니까 아무래도 가격이 같으
면 양이 많거나 맛있는 음식을 먹게 된다.
俗話說：「有紅裝不要素裝」，所以同樣價格，
當然要挑份量多或好吃的食物來吃。

007 개구리 올챙이 적 생각 못 한다

예전에 비해 형편이나 사정이 나아진 사람이 어렵던 때의 일을 생각지 않고 자신이 처음부터 잘났다는 듯이 뽐내는 모습

指人的境遇或情況好轉後，便忘了過去的艱難，表現出一開始就很厲害的樣子。

→ 신인 시절에는 인기도, 자신감도 없던 배우가 한번 뜨더니 개구리 올챙이 적 생각 못 하고 거만한 모습을 보이고 있다.

新人時期既沒人氣又缺乏自信的演員，一炮而紅後，就好了瘡疤忘了痛，擺出一副傲慢的樣子。

008 개천에서 용 난다

지위가 낮은 집안이나 변변하지 못한 부모에게서 훌륭한 인물이 난 경우를 말한다.

指家境貧寒或父母沒錢沒勢，卻生出優秀的人才。

→ 개천에서 용 난다는 말처럼 김 사장은 가난한 집안에서 힘들게 생활했지만 혼자서도 열심히 노력해서 대기업의 사장이 되었다.

俗話說：「寒門出貴子」，金社長生於貧窮家庭、生活困苦，卻憑著一己之力當上大企業的社長。

> **개천 [開川]**：比溪水大又比江水小的水流。

009 겉 다르고 속 다르다

겉으로 드러나는 행동과 마음속의 생각이 서로 달라서 사람의 됨됨이가 바르지 못하다.
指外在行為與內心想法不一致，為人不夠端正。

→ 그는 겉 다르고 속 다르기로 유명한 사람이니까 그가 하는 말을 모두 믿어서는 안 된다.
　眾所周知他是個表裡不一的人，所以他說的話不能全信。

010 고래 싸움에 새우 등 터진다

강한 자들끼리 싸우는데 아무 상관도 없는 약한 자가 중간에 끼어 피해를 입게 된다.
指強者之間的鬥爭，使得夾在中間的無辜弱者受害。

→ 대기업들의 싸움에 중소기업들이 피해를 입는, 고래 싸움에 새우 등 터지는 일이 일어나고 있다.
　大企業間的鬥爭殃及無辜，造成中小企業的損害。

1 다음 상황과 어울리는 속담을 고르십시오.

請選出與下列情境相符的俗諺。

---

① 가는 날이 장날

② 가지 많은 나무에 바람 잘 날이 없다

③ 같은 값이면 다홍치마

④ 겉 다르고 속 다르다

⑤ 고래 싸움에 새우 등 터진다

---

1 최 대리는 사람들을 앞에서 웃으며 대하지만 뒤에서 험담을 한다. (　　　)

2 그 부부는 자식이 다섯 명이나 되는데 매일 사고 수습을 하느라 바쁘다.
　　(　　　)

3 집에서 멀리 떨어진 유명한 식당에 찾아갔는데 그날 마침 문을 닫았다.
　　(　　　)

4 과장님과 부장님의 의견이 달라서 사원들이 눈치 보느라 일을 못하고 있다.
　　(　　　)

5 가격이 똑같으면 좀 더 기능이 많은 제품을 사는 게 좋지 않겠어?
　　(　　　)

2 다음 상황과 어울리는 속담을 고르십시오.
請選出與下列情境相符的俗諺。

> ① 가는 말이 고와야 오는 말이 곱다
> ② 가랑비에 옷 젖는 줄 모른다
> ③ 갈수록 태산
> ④ 개구리 올챙이 적 생각 못 한다
> ⑤ 개천에서 용 난다

1 가난하던 사람이 복권에 당첨돼서 돈을 마구 쓰면서 허세를 부리고 다닌다.
( )

2 조금씩 신용카드를 썼는데 한 달 동안 쓴 금액을 모아서 보니 엄청 큰 돈이었다. ( )

3 사람들에게 칭찬을 해 주면 그 사람들도 나에게 상냥하게 대한다. ( )

4 노조의 파업으로 골치 아팠던 모 기업이 이번에는 자동차 불량 부품 사용 적발로 소비자들의 거센 항의를 받고 있다. ( )

5 가난한 집에서 태어난 한 아이가 누구의 도움도 없이 혼자 노력해서 대기업을 세운 회장이 되었다. ( )

011 고생 끝에 낙이 온다 `TOPIK 26`

어려운 일이나 힘든 일을 겪은 뒤에는 반드시 즐겁고 좋은 일이 생긴다.
指歷經苦難之後，肯定會有愉快美好的事情發生。

→ 그녀는 남편 없이 혼자 아들 둘을 힘들게 키웠는데 고생 끝에 낙이 온다고 다 자란 아들들이 어머니에게 어찌나 효도를 하는지 모른다.
老公不在身邊，她獨力辛苦扶養兩個兒子。俗話說：「苦盡甘來」，兒子們長大後都非常孝順母親。

> **낙〔樂〕**：生活之中感受到的喜悅、樂趣，沒有痛苦、自在度日的快樂。

012 고양이한테 생선을 맡기다

어떤 일이나 물건을 믿지 못할 사람에게 맡기고 마음이 놓이지 않아 걱정하는 경우를 말한다.
指把某件事或某樣東西交付給無法信任的人，因放不下心而擔憂的狀況。

→ 학부모에게 시험 문제를 내도록 한 학교의 비리가 밝혀지자 사람들은 고양이한테 생선을 맡긴 꼴이라고 비난하고 있다.
學校將考卷交由學生家長出題，此舞弊行為遭揭露後，人們紛紛譴責為「開門揖盜」之行。

013 공든 탑이 무너지랴

힘을 다하고 정성을 다한 일은 그 결과가 반드시 헛되지 않다.

指盡心盡力去做事，肯定不會徒勞無功。

→ 2년 동안 준비한 시험을 치르러 가면서 긴장하는 모습을 보이자 어머니께서는 '공든 탑이 무너지랴'라고 하시며 용기를 북돋워 주셨다.

我去參加花了兩年時間準備的考試，媽媽看到我緊張的樣子，便告訴我「皇天不負苦心人」，讓我鼓起了勇氣。

> **공들다 〔功들다〕**：付出極大的熱忱與努力完成一件事。

014 구슬이 서 말이라도 꿰어야 보배다 〔TOPIK 28〕

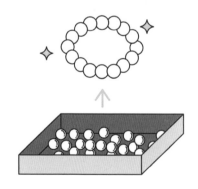

아무리 훌륭하고 좋은 것이라도 쓸모 있게 만들어 놓아야 가치가 있다.

指無論是多麼美好出眾的東西，要製作成有用的東西，才能發揮其價值。

→ 좋은 음식 재료들이 많이 있어도 구슬이 서 말이라도 꿰어야 보배라고 요리하지 않고서는 먹을 수가 없다.

如同「玉不琢不成器」，即使有再多好的食材，如未經烹調，就沒辦法享用。

> **서**：表示數量為「三（셋）」。
> **말**：容積單位。用於測量穀食、液體、粉末的量。

015 그림의 떡

아무리 마음에 들어도 이용할 수 없거나 가질 수 없는 것
指無論再怎麼想要，也沒辦法利用或擁有的東西。

➜ 남성들을 위한 육아 휴직이 마련되어 있지만 대부분 사용할 수 없는 상황이라 남자들의 입장에서는 육아 휴직이 그림의 떡인 것으로 밝혀졌다.
雖然男性可享有育嬰假，但大多無法使用。所以站在男性的立場，育嬰假可謂是「看得到吃不到」。

016 그물에 든 고기 `TOPIK 28/30`

이미 잡혀서 꼼짝 못하고 죽을 상황에 빠진 모습
指被抓住後，陷於無法動彈、瀕臨死亡的狀況。

➜ 경찰을 피해 달아나던 도둑이 막다른 골목으로 들어가게 되었고 결국 그물에 든 고기나 마찬가지인 모습이 되었다.
小偷為躲避警察的追捕，逃進了死巷，最後成了甕中之鱉。

017 금강산도 식후경

아무리 재미있는 일이라도 배가 불러야 즐겁지 배가 고프면 아무 일도 할 수 없다.

指無論是多麼有趣的事，也要先吃飽才有辦法享受，餓著肚子什麼事都做不了。

➜ 산에 오니 경치가 참 좋지만 금강산도 식후경인데, 밥부터 먹고 둘러봅시다.

上山後，發現風景很不錯，但是吃飯皇帝大，我們還是吃完飯再欣賞吧。

> **식후경〔食後景〕**：用餐過後觀賞之意。

018 꿈보다 해몽이 좋다 〔TOPIK 26〕

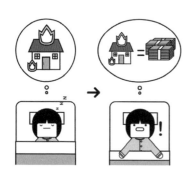

안 좋은 일을 그럴듯하게 돌려 좋게 풀이하는 것을 말한다.

比喻把不好的事情換個方向解釋，變成好事。

➜ 어려웠던 가정 형편이 나를 강한 사람으로 만들었다고 했더니 사람들은 내게 꿈보다 해몽이 좋다고 말하며 웃어 주었다.

當我提到從小家境困苦，使我成為一個堅強的人時，人們笑我凡事總往好處想。

> **해몽〔解夢〕**：解釋夢中發生的事，並判斷好壞。

019 꿩 대신 닭

꼭 맞는 적당한 것이 없을 때 그와 비슷한 것으로 대신한다.
指沒有完全符合要求的東西時，改以相似的東西替代。

→ 짜장면을 먹고 싶었는데 중국집이 문을 닫아서 꿩 대신 닭으로 짜장 라면을 끓여 먹었다.
原本想吃炸醬麵，但是中式料理店沒開，只好退而求其次，改煮炸醬泡麵來吃。

020 남의 떡이 더 커 보인다

자기가 가진 것보다 남의 것이 더 좋아 보인다.
指別人擁有的東西看起來比自己的更好。

→ 똑같이 간식을 나눠 주어도 남의 떡이 더 커 보이는지 자꾸만 다른 아이의 간식과 바꿔달라고 투정을 부리는 녀석이 있다.
也許是「吃碗內，看碗外」，就算把零食均分，還是有孩子吵著要跟別人交換。

1 다음 상황과 어울리는 속담을 고르십시오.

　請選出與下列情境相符的俗諺。

> ① 공든 탑이 무너지랴
> ② 구슬이 서 말이라도 꿰어야 보배다
> ③ 그림의 떡
> ④ 금강산도 식후경
> ⑤ 남의 떡이 더 커 보인다

1 맛있는 음식이 앞에 있는데 치과 치료 때문에 먹지 못한다. (　　　)

2 맛있는 음식 재료를 사다 놓기만 하고 요리를 하지 않는다. (　　　)

3 똑같이 사과 한 상자씩 받았는데 다른 사람이 나보다 더 많이 받은 것 같이 보인다. (　　　)

4 오랜 시간 동안 열심히 애쓰고 노력한 일은 쉽게 망하지 않는다. (　　　)

5 아무리 재미있는 공연이라도 배가 고프면 별로 즐겁지가 않으니 밥부터 먹자. (　　　)

2 다음 상황과 어울리는 속담을 고르십시오.
請選出與下列情境相符的俗諺。

① 고생 끝에 낙이 온다
② 고양이한테 생선을 맡기다
③ 그물에 든 고기
④ 꿈보다 해몽이 좋다
⑤ 꿩 대신 닭

1 아들이 시험지에 엉뚱한 답을 써서 다 틀렸는데 아내는 우리 아들이 창의력이 뛰어나다며 좋아했다. (　　　)

2 학생들에게 각자 자기 시험지를 스스로 채점하라고 맡겼다. (　　　)

3 정장을 입지 않았는데 갑자기 상갓집에 가야 해서 가는 길에 급한 대로 검정색 바지와 티셔츠를 사서 입고 갔다. (　　　)

4 사고를 당해서 걷지 못했었는데 몇 년 동안 힘겨운 물리 치료를 이겨낸 끝에 드디어 다시 걸을 수 있게 되었다. (　　　)

5 경찰이 집 주변을 모두 포위해서 범인은 밖으로 나가면 꼼짝없이 잡히는 상황이다. (　　　)

03

021 낫 놓고 기역 자도 모른다

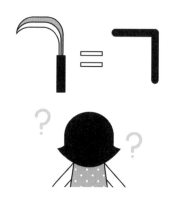

기역(ㄱ) 자 모양으로 생긴 농사 기구인 낫을 앞에 두고 보면서도 기역 자를 모른다는 뜻으로, 배우지 않은 데다 보고 듣지도 못해서 아는 것이 없는 사람을 말한다.

指將農具中外形如韓文子音「ㄱ」的鐮刀擺在眼前，也不曉得「ㄱ」；比喻從未學過、看過、聽過，所以一無所知的人。

→ 그는 학교를 한 번도 다녀본 적이 없었고 낫 놓고 기역 자도 모르는 사람이다.

他從來沒有上過學，所以目不識丁。

022 낮말은 새가 듣고 밤말은 쥐가 듣는다

속닥 속닥

아무도 안 듣는 데서라도 말조심을 해야 한다.

指在沒有人聽得到的地方也要小心說話。

→ 낮말은 새가 듣고 밤말은 쥐가 듣는다는데, 지금 옆에 없는 사람이라도 욕하는 건 옳지 않다.

所謂「隔牆有耳」，就算當事人不在場，也不應該說別人的壞話。

023 누워서 떡 먹기

하기가 매우 쉬운 일
比喻很容易做的事情。

➜ 내가 하는 아르바이트는 그저 가게에 오고 가는 손님들에게 웃으며 인사를 하는 것인데 그야말로 누워서 떡 먹기 수준이다.
我從事的兼職工作，只要笑著跟來店裡的客人打招呼就好，簡直是「易如反掌」。

024 누워서 침 뱉기

남을 해치려고 하다가 도리어 자기가 해를 입게 되는 일
指原本想傷害別人，最終反而傷到自己。

➜ 밖에서 가족 흉을 보는 사람은 누워서 침 뱉는 행동을 하는 것이다.
在外談論家人不是的行為，等於是搬石頭砸自己的腳。

025 누이 좋고 매부 좋다 TOPIK 26

XX 기업 사랑의 무료 급식

어떤 일이 서로에게 다 이롭고 좋다.
指一件事對雙方都有利、都是好事。

➜ 기업에서 진행하는 기부나 봉사 활동은 기업 이미
지에 좋은 영향을 주고 사회적으로도 도움이 되는
일이니 누이 좋고 매부 좋은 경우라고 할 수 있다.
企業捐款或舉辦公益活動，為企業形象帶來正
面的影響，也對社會有所幫助，可說是兩全其
美的作法。

026 다 된 밥에 재 뿌리기 TOPIK 25

거의 다 된 일을 망쳐버리는 행동
指一個動作毀掉快成功之事。

➜ 거래가 성사되려는 순간 한 순간의 말실수로 다 된
밥에 재 뿌리는 짓을 해버렸다.
在交易快談成之際，因不小心說錯話而功虧一
簣。

> **재** : 火燒過之後剩下的粉狀物質。

027 다람쥐 쳇바퀴 돌듯

앞으로 나아가거나 발전하지 못하고 제자리걸음만 하는 모양
比喻只能停留在原地踏步，無法向前邁進。

➔ 아침에 출근하고 저녁에 퇴근해서 잠만 자고 일어나서 다시 출근을 하는 다람쥐 쳇바퀴 도는 듯한 일상이 지긋지긋하다.
我厭倦了早上上班、晚上下班，睡一覺起來又要上班，這樣原地踏步的生活。

> **쳇바퀴**：滾輪。

028 달걀로 바위 치기

맞서 싸워도 도저히 이길 수 없다.
指面對面對抗，也毫無勝算。

➔ 대기업을 상대로 개인이 소송을 거는 것은 달걀로 바위 치기나 마찬가지이다.
以個人名義對大企業提起訴訟，等同於以卵擊石。

029 달리는 말에 채찍질한다

① 기세가 한창 좋을 때 힘을 더한다.
　指趁氣勢正好的時候，再加把勁努力一下。

➔ 요즘 장사가 잘 되고 있으니 달리는 말에 채찍질하는 것처럼 더욱 열심히 일해야겠다.
　最近生意很好，所以我得快馬加鞭，更加努力工作才行。

② 힘껏 하는데도 자꾸 더 하라고 한다.
　指明明已用盡全力，卻不斷被要求要加倍努力。

➔ 요즘 나는 하루에 네 시간밖에 잠을 자지 않고 공부를 하는데도 엄마는 달리는 말에 채찍질해야 한다며 열심히 공부하라고 계속 잔소리를 하신다.
　最近我一天只睡四個小時，其他時間都在念書，媽媽卻一直嘮叨要我再接再厲，用功念書。

> **채찍질**：用鞭子鞭打的行為。
> 比喻積極督促、提醒，
> 用力鼓舞之事。

030 달면 삼키고 쓰면 뱉는다

옳고 그름이나 의리 등을 생각하지 않고 자기의 이익만 따진다.
指不管是非對錯、不講義氣，只顧自己的利益。

➔ 내가 돈이 많을 때에는 평생 친구일 것처럼 행동하던 친구가 내 형편이 어려워지자 달면 삼키고 쓰면 뱉는다는 식으로 아는 척도 하지 않고 지낸다.
　當我有錢的時候，表現得像是一輩子的朋友，結果我經濟狀況一變差，就嫌貧愛富，裝作不認識我。

1 다음 상황과 어울리는 속담을 고르십시오.

請選出與下列情境相符的俗諺。

> ① 낫 놓고 기역 자도 모른다
> ② 누워서 떡 먹기
> ③ 누워서 침 뱉기
> ④ 다람쥐 쳇바퀴 돌듯
> ⑤ 달걀로 바위 치기

1 매일 같은 시간에 출근하고 비슷한 시간에 퇴근하고 저녁마다 같은 TV 프로그램을 본다. (   )

2 그는 자기 이름도 읽거나 쓸 줄 모른다. (   )

3 버튼을 몇 번 누르는 것으로 간편하게 작동이 되므로 누구나 쉽게 사용할 수 있습니다. (   )

4 올해 처음 권투를 배운 선수가 세계 챔피언에게 도전을 했다는 것이 화제가 되고 있다. (   )

5 그녀는 툭하면 자기 회사의 비리에 대해 남들에게 말했고, 또 회사에 제대로 된 사람이 하나도 없다는 식으로 말했다. (   )

2 다음 상황과 어울리는 속담을 고르십시오.

請選出與下列情境相符的俗諺。

---

① 낮말은 새가 듣고 밤말은 쥐가 듣는다
② 누이 좋고 매부 좋다
③ 다 된 밥에 재 뿌리기
④ 달리는 말에 채찍질한다
⑤ 달면 삼키고 쓰면 뱉는다

---

1 선거 때 우리 동네에 지원을 해 주겠다며 홍보했던 국회의원이 정작 당선이 된 후에는 동네에 지원을 해 주기는커녕 쳐다보지도 않는다. (   )

2 우리는 지금 국내에서 1위지만 세계 1등을 목표로 더욱 열심히 일하고 있다. (   )

3 지역 사회에서 생산된 농산물로 학교 급식을 운영하고 나니 학교에서는 신선한 식재료를 저렴하게 공급받을 수 있어서 좋아했고 농민들도 이윤이 늘었다며 좋아했다. (   )

4 아무도 모를 거라 생각하며 인터넷에 직장 상사의 험담을 써 놨는데 어느새 그 글이 퍼져 본인에게까지 알려졌다. (   )

5 중요한 보고서가 거의 다 완성되었는데 자료를 저장하지 않고 컴퓨터를 꺼 버리는 바람에 다 날아가 버렸다. (   )

04

031 닭 쫓던 개 지붕 쳐다본다 `TOPIK 29`

애써 하던 일을 실패하거나 남보다 뒤떨어져서 어찌할 수 없게 된 상황을 말한다.
比喻事情努力到最後卻以失敗收場，或因落後他人，無能為力的狀況。

→ 올림픽 유치를 위한 다양한 홍보 활동을 해 왔는데 다른 나라에서 개최하는 걸로 정해져 우리는 닭 쫓던 개 지붕 쳐다보는 상황이 되었다.

為申辦奧運，我們一直在進行各種宣傳活動，最後卻決定由他國舉辦，讓我們無可奈何。

032 도둑이 제 발 저리다

지은 죄가 있으면 누가 뭐라고 하지 않아도 스스로 마음이 불안하다.
比喻做壞事的人，就算沒有人說什麼，內心還是會莫名感到不安。

→ 자기가 잘못하고 있다고 생각하면 아무도 지적하지 않아도 도둑이 제 발 저리듯 스스로 움츠러들어서 자신감 없는 모습을 보이게 된다.

一旦認定是自己做錯事，就算沒有任何人指責，仍會作賊心虛，表現出畏畏縮縮沒自信的樣子。

033 도랑 치고 가재 잡는다

한 가지 일로 두 가지 이익을 본다.

指做一件事得到兩種好處。

➜ 암을 고치기 위해 채식을 했더니 몸매도 날씬해지
고 피부가 좋아지는 등 도랑 치고 가재 잡는 효과
를 얻었다.

為治療癌症改吃素後，不僅身材變苗條，皮膚
也變好，達到一舉兩得的效果。

> **도랑** : 流動於山谷或田野間的細小水流。

034 도토리 키 재기

서로 비슷비슷하여 비교해 볼 필요가 없다.

指彼此間沒什麼差異，沒有比較的必要。

➜ 미인 대회에 나오는 여자들의 얼굴 생김새나 몸매
가 모두 비슷해서 도토리 키 재기 수준이라는 의견
이 있다.

參加選美比賽的女生，長相和身材都差不多，
因此有人認為半斤八兩，沒什麼好比的。

035 돌다리도 두드려 보고 건넌다

잘 아는 일이라도 세심하게 주의를 하라는 말
比喻再熟悉不過的事，還是要小心注意。

→ 요즘 여성을 상대로 한 범죄가 많이 일어나고 있어
서 딸아이에게 돌다리도 두드려 보고 건넌다는 말
처럼 수상한 사람이 있는지 잘 살피고 다니라고 당
부했다.
最近發生很多犯罪事件，以女性為下手的對象。
因此我叮囑女兒凡事都要小心謹慎，走在路上
要觀察有沒有可疑人物出沒。

036 등잔 밑이 어둡다

**어떤 대상에서 가까이 있는 사람이 오히려 그 대
상에 대하여 잘 알기 어렵다.**
指與某個對象離得越近，反而越難了解他的全
貌。

→ 나는 항상 맛집을 찾아서 돌아다녔는데 등잔 밑이
어둡다고 집 앞에 있는 식당이 유명한 맛집인 걸
모르고 있었다.
我總是到處探訪美食名店，殊不知遠在天邊，
近在眼前，家門口就有一間知名的美食餐廳。

037 땅 짚고 헤엄친다 TOPIK 22

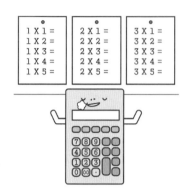

어떤 일이 매우 쉽다, 또는 어떤 일이 의심할 수 없이 확실하다.

比喻非常簡單的事，或是很肯定某件事，毫無懸念。

→ 계산기를 써서 수학 문제를 푸는 건 땅 짚고 헤엄치는 일이다.

用計算機解數學題目，是件「輕而易舉」的事。

038 떡 본 김에 제사 지낸다 TOPIK 28

우연히 운 좋은 기회에, 하려던 일을 해치운다.

剛好碰上適當的機會，順便完成原本想做的事。

→ 책상 서랍에서 미술 연필을 발견하고 떡 본 김에 제사 지낸다며 오랜만에 그림을 그렸다.

我發現書桌抽屜裡有素描鉛筆，想說擇日不如撞日，便久違地畫了畫。

039 떡 줄 사람은 꿈도 안 꾸는데 김칫국부터 마신다

해 줄 사람은 생각지도 않는데 미리부터 다 된 일로 알고 행동한다.

指別人並未打算做那件事，當事人的行動卻像是以為事情會發生般。

➡ 오늘은 싫어하는 직장 상사의 생일인데, 어제부터 계속 선물은 됐다며 싱글거리고 있는 모습에 떡 줄 사람은 꿈도 안 꾸는데 김칫국부터 마신다는 말이 떠오른다.

討人厭的公司主管今天生日，從昨天開始就看到他一直笑嘻嘻地說著你們不用送我禮物，不禁讓我想起「自作多情」這句話。

040 뛰는 놈 위에 나는 놈 있다

아무리 재주가 뛰어나더라도 그보다 더 뛰어난 사람이 있다.

指無論擁有多麼卓越的才能，還是會有更厲害的人。

➡ 예선을 1등으로 합격하고는 정말 기뻤는데 뛰는 놈 위에 나는 놈 있다더니, 본선에 가자 실력 발휘도 못 해보고 떨어지고 말았다.

真的很高興能以第一名通過預賽，但是「人外有人，天外有天」，進入決賽後，沒能發揮應有的實力，便以失敗告終。

練習題 04

1 다음 상황과 어울리는 속담을 고르십시오.
請選出與下列情境相符的俗諺。

---

① 닭 쫓던 개 지붕 쳐다본다
② 도랑 치고 가재 잡는다
③ 등잔 밑이 어둡다
④ 땅 짚고 헤엄친다
⑤ 뛰는 놈 위에 나는 놈 있다

---

1 오랫동안 찾다가 포기한 물건이 가방 속에서 발견됐다. (　　　)

2 대기업 재벌 가족들은 계열사를 만들어서 쉽게 돈을 번다. (　　　)

3 지하철에 자리가 나서 앉으려고 얼른 갔는데 옆에 서 있던 아줌마가 먼저 앉아 버렸다. (　　　)

4 나는 고등학교 때까지 줄곧 1등을 해 왔고 내가 공부를 제일 잘하는 줄 알았는데 대학교에 가서 비슷한 수준의 동기들과 경쟁해 보니 나는 중간도 가기 어려웠다. (　　　)

5 옷을 기부하면 약간의 보상을 주는 캠페인이 있어서, 그동안 옷장에서 자리만 차지하고 정작 입지는 않았던 옷들을 싹 정리해서 기부했더니 기분이 좋다.(　　　)

2 다음 상황과 어울리는 속담을 고르십시오.
請選出與下列情境相符的俗諺。

> ① 도둑이 제 발 저리다
> ② 도토리 키 재기
> ③ 돌다리도 두드려 보고 건넌다
> ④ 떡 본 김에 제사 지낸다
> ⑤ 떡 줄 사람은 꿈도 안 꾸는데 김칫국부터 마신다

1 실력이나 외모가 고만고만한 녀석들이 서로 자기가 잘났다며 싸운다. (   )

2 매일 운전을 해서 자신 있다고 해도 장거리 운전을 하기 전에는 엔진 오일과 배터리를 체크하고 안전벨트 착용을 꼭 하는 게 좋다. (   )

3 나는 어제 소개팅을 했던 남자랑 사귈 마음이 전혀 없는데 그 남자는 나에게 연락해서 데이트를 하자는 둥 집 앞으로 데리러 오겠다는 둥 귀찮게 군다. (   )

4 수업 시간에 휴대폰 게임을 하고 있는데 선생님이 내 이름을 부르자 뜨끔해서 "아무것도 안 했어요!"라고 말해 버렸다. (   )

5 옆집 아줌마가 직접 농사를 지었다며 배추 몇 포기를 주는 바람에 그 참에 김장을 일찍 해 버렸다. (   )

05

041　마른하늘에 날벼락

뜻하지 않은 상황에서 뜻밖에 입는 재난
指遭遇突如其來的意外。

→ 마른하늘에 날벼락이라더니 길을 가다가 갑자기 날아온 공에 머리를 맞고 쓰러졌다.

俗話說：「飛來橫禍」，走在路上，突然被從天而降的球擊中頭倒地。

> **마른하늘**：指沒有下雨或下雪、晴空萬里的天空。

042　말이 씨가 된다

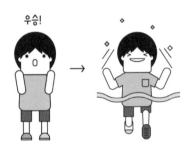
우승!

늘 말하던 것이 사실대로 되었을 때 하는 말
指經常在說的話，於日後成真。

→ 남편이 바람을 피울까 봐 늘 걱정하던 친구가 어느 날 말이 씨가 되었다며 울면서 찾아왔다.

朋友一直擔心老公出軌，結果某天哭著找上門來說一語成讖，表示老公真的出軌了。

043 말 한마디로 천 냥 빚 갚는다

말만 잘하면 어려운 일이나 불가능해 보이는 일도
해결할 수 있다.

指只要善於言辭，便能解決困難或看似不可能
的事。

➜ 말 한마디로 천 냥 빚도 갚는다는 말처럼 같은 말
을 해도 기분 좋게 하는 사람은 그렇지 않은 사람
보다 나중에 더 성공하게 된다.

正所謂「好話值千金」，即使是同樣的話，有
人能說出讓人開心的話，比起沒有那樣做的人，
更能獲得成功。

044 매도 먼저 맞는 놈이 낫다

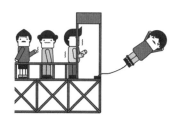

이왕 겪어야 할 일이라면 어렵고 괴롭더라도 먼저
하는 편이 낫다.

指既然是非經歷不可的事，無論多麼困難和痛
苦，還是早點承受尤佳。

➜ 오늘은 자기소개 시간이었는데 어색해서 아무도
말을 못 하는 상황이었지만 매도 먼저 맞는 놈이
낫다는 생각에 제일 먼저 하고 나니 마음이 편했
다.

今天自我介紹時，因為太尷尬什麼話都說不出
口，但是一想到「早死早超生」，最先完成後，
心情便放鬆了下來。

045 목마른 놈이 우물 판다

어떤 일이 가장 필요하고 급한 사람이 그 일을 서둘러 하게 되어 있다.
指對某事最為渴求、迫切的人，便會最先做好那件事。

→ 도시락을 매일 싸기가 귀찮았는데 누가 도시락 배달 좀 안 해 주나 생각하다가 결국 목마른 놈이 우물 판다고 내가 직접 도시락 가게를 차리게 되었다.
嫌每天自己做便當麻煩，便開始思考有沒有人可以幫我送便當。俗話說：「渴者掘井」，最後乾脆自己開了間便當店。

046 무소식이 희소식

소식이 없는 것은 무사히 잘 있다는 말이므로, 곧 기쁜 소식이나 다름없다는 말
指沒消息表示平安無事，等同於好消息。

→ 유학 간 친구에게서 전화 한 통 없어서 서운했지만 무소식이 희소식이라고 하니 좋게 생각해야겠다.
出國留學的朋友從未打過一通電話給我，讓我很難過。但一想到：「沒消息就是好消息」，便決定要想開一點。

047 물에 빠지면 지푸라기라도 잡는다 [움켜쥔다]

위급한 일을 당하면 무엇이나 닥치는 대로 잡고 늘어지게 된다.

指遇到緊急狀況時，不論看見什麼都會緊抓著不放。

➔ 등산을 하다 미끄러졌는데 물에 빠지면 지푸라기라도 잡는다는 말처럼 나뭇가지를 움켜쥐고 겨우다치지 않았다.

爬山時滑了一跤，如同「病急亂投醫」所述，我緊抓住樹枝，才沒有受傷。

지푸라기：稻草

048 물에 빠진 놈 건져 놓으니까 내 봇짐 내라 한다

남에게 은혜를 입고서도 고마움을 모르고 트집을 잡는다.

指受到別人恩惠，卻不知感恩，還故意找碴。

➔ 물에 빠진 놈 건져 놓으니까 내 봇짐 내라 한다더니 길에서 남자에게 맞고 있는 여자를 구해줬는데 그 여자가 도리어 나에게 화를 내서 어이가 없었다.

俗話說：「以怨報德」。我在路上救了一個被男生打的女生，那個女生反倒對我發火，令人哭笑不得。

봇짐 (褓—)：包袱

049 미꾸라지 한 마리가 온 웅덩이를 흐려 놓는다

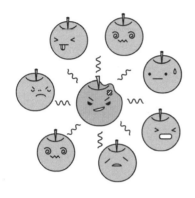

한 사람의 좋지 않은 행동이 여러 사람에게 나쁜 영향을 미친다.
指一個人的不良行為連帶影響到許多人。

→ 친구들 사이에서 영향력 있는 학생이 교사를 무시하기 시작하면 미꾸라지 한 마리가 온 웅덩이 흐려 놓듯 전체 학생들이 교사의 말을 듣지 않게 된다.
同學當中，只要有影響力的學生開始輕視老師，就如同「一粒老鼠屎，壞了一鍋粥」，所有學生都會跟著不聽老師的話。

050 믿는 도끼에 발등 찍힌다

잘 될 거라 믿고 있던 일이 어긋나거나 믿고 있던 사람이 배반하여 해를 입힌다.
指有把握會成功的事卻出錯，或是遭信任的人背叛而受害。

→ 믿는 도끼에 발등 찍힌다고, 가장 아끼던 직장 후배가 내 남자 친구랑 바람이 나 버렸다.
俗話說：「養老鼠咬布袋」，公司裡我最疼惜的後輩居然跟我男友劈腿。

| 도끼：斧頭 |

1 다음 상황과 어울리는 속담을 고르십시오.
請選出與下列情境相符的俗諺。

> ① 마른하늘에 날벼락
> ② 매도 먼저 맞는 놈이 낫다
> ③ 목마른 놈이 우물 판다
> ④ 물에 빠지면 지푸라기라도 잡는다[움켜쥔다]
> ⑤ 믿는 도끼에 발등 찍힌다

1 꼭 필요한 약이 국내에서는 판매되지 않아서 수입되기를 기다렸는데 너무 오래 걸려서 직접 외국에 가서 약을 사 왔다. (   )

2 10년 넘게 거래하던 회사가 갑자기 말도 없이 거래를 끊어 버려서 큰 손해를 입었다. (   )

3 공사 현장 옆을 지나가던 사람이 공사장에서 떨어진 벽돌에 맞아서 크게 다쳤다. (   )

4 부모는 자식이 아프면 다른 사람들이 소용없다는 일이라도 혹시나 하는 기대로 무엇이든 해 보기 마련이다. (   )

5 누구나 하기 싫은 일이 있지만 어렵고 하기 싫은 일부터 끝내면 마음이 편하다. (   )

2 다음 상황과 어울리는 속담을 고르십시오.
請選出與下列情境相符的俗諺。

---

① 말이 씨가 된다
② 말 한마디로 천 냥 빚 갚는다
③ 무소식이 희소식
④ 물에 빠진 놈 건져 놓으니까 내 봇짐 내라 한다
⑤ 미꾸라지 한 마리가 온 웅덩이를 흐려 놓는다

---

1 화가 난 고객이 항의를 할 때 자신의 잘못이 아니더라도 진심으로 사과하고 노력하겠다는 말을 잘하면 고객들의 대부분은 마음을 누그러뜨린다.
( )

2 남동생이 결혼을 하고 통 집에 오지 않아서 서운하지만 신혼 생활에 빠져서 그렇겠지 싶어서 좋게 생각한다. ( )

3 모델이 없으면 나라도 사진을 찍겠다고 했는데 정말로 모델이 갑자기 계약을 취소하고 나타나지 않았다. ( )

4 대부분 직원들이 성실하게 일하고 있었는데 새로 부임한 팀장이 불성실한 모습을 자꾸 보이자 몇몇 직원들이 덩달아 농땡이 피우게 되었다. ( )

5 계단에서 넘어질 것 같은 아가씨를 붙잡아서 구해줬는데 왜 자기 몸을 만지냐며 경찰에 신고하겠다고 소리를 질러서 황당했다. ( )

06

051 밑 빠진 독에 물 붓기 TOPIK 25/29/31

아무리 힘이나 노력을 들여도 보람 없이 헛된 일이 되는 상태

指無論花費多大的力氣、付出多少努力，最後仍徒勞無功。

➡ 빌린 돈의 이자가 너무 높아서 조금씩 벌어서 갚아 나가는 일이 밑 빠진 독에 물 붓기와 같이 느껴진다.

貸款的利息太高，每次賺一點還一點，感覺就像「徒勞無功」一樣。

독 : 甕

---

052 바늘 도둑이 소도둑 된다

작은 나쁜 짓도 자꾸 하다 보면 큰 죄를 저지르게 된다.

指小錯不改，一直持續下去便會鑄成大錯。

➡ 바늘 도둑이 소도둑 된다고 하니 아이가 거짓말을 한 걸 알게 된다면 아무리 작은 거짓말이라도 꼭 짚고 넘어가야 한다고 생각한다.

俗話說：「細漢偷挽瓠，大漢偷牽牛」，我認為一旦發現小孩子說謊，哪怕是再小的謊言，都應該要指出來才行。

053 발 없는 말이 천 리 간다

말은 순식간에 퍼진다는 뜻으로, 말을 조심해야
한다는 뜻
指話語一下子就被傳開，表示說話宜小心謹慎。

➜ 발 없는 말이 천 리 간다더니 그들의 결혼 소식은
순식간에 퍼졌다.
所謂「一傳十，十傳百」，他們結婚的消息一
下子就被傳開了。

> **리**：里，一里約為 0.393 公里。

054 배보다 배꼽이 더 크다 `TOPIK 2`

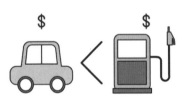

① 기본이 되는 것보다 덧붙이는 것이 더 많거나 크다.
指與主要的東西相比，附加的東西更多或更大。

➜ 만 원도 안 되는 잡지에 가방이나 유명 화장품을 사
은품으로 주는 걸 보면 배보다 배꼽이 더 크다는 말
이 생각난다.
看見不到一萬韓元的雜誌，附贈包包或知名化妝
品時，不禁讓人想到「本末倒置」這句話。

② 일이 원래 의도와 다른 방향을 가게 되는 경우
指事情與原本的意圖背道而馳。

➜ 돈 아끼려고 중고차를 샀는데 자꾸만 고장이 나서 수
리비가 너무 많이 나오니 배보다 배꼽이 더 큰 경우다.
為省錢買下二手車，結果卻一直出問題，花了非
常多錢維修，演變成本末倒置的狀況。

055　백지장도 맞들면 낫다

아무리 쉬운 일이라도 함께 하는 것이 더 낫다.
指無論是多麼簡單的事，還是齊心協力尤佳。

→ 청소는 매일 해서 어렵지 않지만 백지장도 맞들면
낫다고, 남편이 조금 도와주니까 훨씬 빨리 끝나서
기분이 좋다.

打掃是每天的例行公事，所以並非難事。但是
俗話說：「人多好辦事」，老公幫了點忙，得
以更快完成，讓我很開心。

056　벌레도 밟으면 꿈틀한다

아무리 참을성이 있는 사람이나 하찮은 존재라도
지나치게 자극하면 반항하게 된다.
就算是再怎麼有耐心的人或是渺小的存在，如
果過度刺激，也會反抗。

→ 벌레도 밟으면 꿈틀한다고, 지속적으로 불량 학생
에게 괴롭힘을 당하던 학생이 화가 나서 책상을 집
어 던지고 싸우는 것을 보았다.

所謂「忍耐也是有限度的」，看到長期被壞學
生欺負的學生，一怒之下翻桌打人。

057 벼 이삭은 익을수록 고개를 숙인다

훌륭한 사람일수록 남을 존중하고 남 앞에서 자기를 내세우려 하지 않는다.
比喻越是優秀的人，越懂得尊重別人，不會在別人面前誇耀自己。

→ 어릴 적에는 공부 좀 한다고 거만하던 친구가 있는데, 벼 이삭은 익을수록 고개를 숙인다는 말처럼 지금은 박사 학위를 따고 교수로 일하면서도 늘 겸손하다.
　我有個朋友，小時候因為很會唸書，態度傲慢。
　但俗話說：「稻穗越是成熟，頭垂得越低」，
　現在他取得博士學位，當上了教授，便時時保持謙遜。

이삭：穗

058 병 주고 약 준다　TOPIK 24

남을 해치고 나서 약을 주며 구해주는 척을 한다는 뜻으로, 교활한 행동을 말한다.
意為傷害別人後，再假裝提供解藥，比喻狡猾的行為。

→ 회사 사정으로 휴가를 미루게 하더니 병 주고 약 주는 식으로 특별히 휴가비를 챙겨 준다고 한다.
　為處理公司的事讓我的特休延後，結果公司採取「打你一巴掌再給你糖吃」的方式，表示會特別提供休假補助費。

059 보기 좋은 떡이 먹기에도 좋다

겉 모양을 잘 꾸미는 것도 필요하다.
表示好好裝扮外表也是必要的事。

➜ 보기 좋은 떡이 먹기에도 좋다는 말도 있듯이 아무
리 맛있는 음식이라도 지저분하게 보이면 먹기가
싫다.

如同「人要衣裝，佛要金裝」所述，再好吃的
食物，如果賣相太差，就不會想吃。

060 불 난 집에 부채질한다

**다른 사람이 당한 나쁜 일을 더 커지도록 만들거
나 화가 난 사람을 더욱 화나게 한다.**
使發生在別人身上的壞事更加惡化，或是讓在
氣頭上的人更加生氣。

➜ 몸이 아파서 소풍에 못 가고 누워 있는데 동생이
옆에서 약을 올려서 불 난 집에 부채질하냐며 화를
내 버렸다.

我身體不舒服，沒辦法去郊遊。弟弟在一旁調
侃躺著的我，讓我氣得反問他是不是在火上加
油。

1 다음 상황과 어울리는 속담을 고르십시오.
請選出與下列情境相符的俗諺。

> ① 밑 빠진 독에 물 붓기
> ② 발 없는 말이 천 리 간다
> ③ 백지장도 맞들면 낫다
> ④ 벌레도 밟으면 꿈틀한다
> ⑤ 보기 좋은 떡이 먹기에도 좋다

1 청소는 누구나 할 수 있는 쉬운 일이지만 여럿이 나눠서 하면 빨리 끝나서 좋다. (　　　)

2 친구가 결석했는데 혹시 아픈 건 아닌지 걱정된다는 말이, 그 친구가 다쳤다는 말로 바뀌어서 금세 소문이 퍼져버렸다. (　　　)

3 똑같은 과자라도 예쁜 상자에 넣어서 포장하면 근사하게 느껴지고 더 맛있는 것 같다. (　　　)

4 강의 위쪽에서부터 오염 물질이 내려오는데 아래쪽 수질 관리만 하고 있으니 아무리 관리해 봐야 나아질 리가 없다. (　　　)

5 착하고 순진해서 다른 사람에게 싫은 소리 한 번을 안 했던 동생도 옆에서 계속 괴롭히자 모두가 깜짝 놀랄 정도로 크게 화를 냈다. (　　　)

2 다음 상황과 어울리는 속담을 고르십시오.

請選出與下列情境相符的俗諺。

---

① 바늘 도둑이 소도둑 된다

② 배보다 배꼽이 더 크다

③ 벼 이삭은 익을수록 고개를 숙인다

④ 병 주고 약 준다

⑤ 불 난 집에 부채질한다

---

1 영화배우 최민규 씨는 오랜 시간 동안 쌓아온 연기 실력으로 수많은 상을 받은 뛰어난 배우이면서도 나이가 들수록 더욱 겸손해지고 후배들에게 잘해 주기로 유명하다. (　　　)

2 만 원 주고 얻은 가방을 고치는 데 삼만 원이 들었다. (　　　)

3 처음에는 한 두 문제만 친구 숙제를 베껴서 냈는데 이제는 아예 통째로 베껴서 숙제를 내고 있다. (　　　)

4 언니는 내가 바쁘다고 해도 심부름을 자꾸 시키지만 그래도 심부름을 한 대가로 용돈을 주거나 맛있는 간식을 줘서 미워할 수가 없다. (　　　)

5 국회의원의 부정에 국민들은 사과를 촉구했지만 진심이 담기지 않은 사과는 국민들의 분노를 더 크게 키웠다. (　　　)

07

061 비 온 뒤에 땅이 굳어진다 TOPIK 23

어떤 시련을 겪은 뒤에 더 강해진다.
比喻經歷某種考驗之後，變得更為強大。

➜ 아버지의 사업 실패로 몇 년 간의 시련이 있었지만 비 온 뒤 땅이 굳어진다는 말처럼 힘든 나날들이 지나가고 나니 서로를 더욱 생각해주는 가족이 되었다.
父親生意失敗，歷經幾年的考驗。但是如同「不經一番寒徹骨，焉得梅花撲鼻香」所述，熬過那段艱辛的日子後，家人間變得更懂得為彼此著想。

062 빈 수레가 요란하다

실속 없는 사람이 겉으로 더 떠들어 댄다.
指沒有內涵的人，講話特別大聲。

➜ 빈 수레가 요란하다고 막상 보면 별 내용도 없는 영화가 홍보는 더 떠들썩하게 하는 것 같다.
俗話說：「半瓶水響叮噹」，實際看過就會發現是內容空洞的電影，似乎越是賣力宣傳。

063 빛 좋은 개살구

겉만 그럴듯하고 실속이 없는 경우
比喻虛有其表、內在空洞。

➜ 값비싼 집을 사려고 돈을 빌리고, 그 돈을 갚느라 생활이 힘들다면 멋진 집을 가졌더라도 빛 좋은 개살구나 마찬가지다.

如果為買昂貴的房子而借錢，又為償還這些錢，導致生活困難的話，即使擁有漂亮的房子，也等同於「金玉其外，敗絮其中」。

개살구：野杏桃

064 뿌린 대로 거둔다 TOPIK 27

모든 일은 원인에 따라 결과가 나타난다.
指凡事都是起因於做了什麼，便得到什麼樣的結果。

➜ 뿌린 대로 거둔다더니, 평소 다른 사람이 어려울 때 모르는 척하고 나쁘게 말을 하던 동네 영감이 계단에서 넘어졌는데 아무도 나서서 도와주지 않았다.

俗話說：「種瓜得瓜，種豆得豆」。平時在別人有困難的時候，裝作沒看到，口出惡言的鄰居老伯，從樓梯上摔下來，卻沒有人願意站出來幫他。

거두다：收穫

065 사공이 많으면 배가 산으로 간다

어떤 일을 책임지고 맡아서 관리하는 사람 없이 여러 사람이 자기주장을 내세우면 일이 제대로 되기 어렵다.

指若眾人各持己見，缺少一個統籌管理的人，便難以順利完成一件事。

→ 교육과 관련된 법을 바꾸려고 하면 교사, 학부모, 공무원, 학생 등 관계된 사람들의 입장이 서로 달라서 사공이 많으면 배가 산으로 가는 것처럼 되고 만다.

如欲修改教育相關法令，教師、學生家長、公務員、學生等相關人士，其立場各不相同，最後就會演變成「人多嘴雜反誤事」的狀況。

사공 [沙公] : 船夫

066 새 발의 피

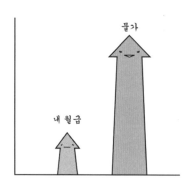

아주 하찮은 일, 또는 아주 적은 양
指雞毛蒜皮的小事或數量極少之意。

→ 시급이 400원 정도 오르긴 했는데 물가 인상률에 비하면 새 발의 피다.

雖然時薪調漲約 400 韓元，但與通貨膨脹率相比，簡直微不足道。

067 서당 개 삼 년에 풍월을 한다 [읊는다]

어떤 분야에 대한 지식과 경험이 전혀 없는 사람
이라도 그와 관련된 부문에 오래 있으면 어느 정
도의 지식과 경험을 갖게 된다.
指對某個領域的知識和經驗一無所知的人，在
相關領域待久了，就能有一定程度的了解。

➜ 미용실 아르바이트를 오랫동안 한 학생이 있는데
　서당 개 삼 년이면 풍월을 읊는다고 고등학교 졸업
　하면서 어렵지 않게 미용 자격증을 따더라.
　有一位長期在美容院打工的學生，耳濡目染之
　下，於高中畢業後，輕鬆考取美髮證照。

| 서당 [**書堂**]：私塾 |
| 풍월 [**風月**]：口耳之學 |

068 선무당이 사람 잡는다 TOPIK 24

제대로 된 능력이 없으면서 함부로 하다가 큰일을
저지르게 된다.
指任由能力不足的人做事，會釀成大禍。

➜ 선무당이 사람 잡는다고 전문가가 아닌 사람에게
　수도 공사를 맡겼더니 하루 만에 물이 안 나오고
　고장이 났다.
　俗話說：「找庸醫治病，越醫越糟糕」。把水
　道工程委託給非專業人士，結果過了一天，水
　都出不來，就壞掉了。

| 선무당 [一**巫堂**]：指經驗不足，無法精準施 |
| 　　　　　　　法的巫師。 |

069 세 살 버릇이 여든까지 간다

어릴 때 몸에 밴 버릇은 늙어서까지 고치기 힘들다는 뜻으로, 어릴 때부터 나쁜 버릇이 들지 않도록 잘 가르쳐야 한다는 말

指年紀大了便難以改變小時候養成的習慣，表示從小就應該好好教育，避免養成壞習慣。

➜ 밥을 먹으면서 물을 마시는 습관을 고쳐야 하는데 세 살 버릇이 여든까지 간다고 오래된 버릇이라 잘 고쳐지지 않는다.

我應該要改掉邊吃飯邊喝水的習慣，但正所謂「江山易改，本性難移」，長久養成的習慣，並不容易改變。

070 소 뒷걸음질 치다 쥐 잡는다 TOPIK 29

어떤 목적한 일을 우연히 이루는 경우를 말한다.
指偶然達成某種目的的狀況。

➜ 실력이 부족한데 소 뒷걸음질 치다 쥐 잡는 격으로 우승을 하는 운 좋은 선수가 있다.

某位選手雖然實力不足，卻正好「歪打正著」幸運獲勝。

1 다음 상황과 어울리는 속담을 고르십시오.
請選出與下列情境相符的俗諺。

> ① 비 온 뒤에 땅이 굳어진다
> ② 빛 좋은 개살구
> ③ 뿌린 대로 거둔다
> ④ 사공이 많으면 배가 산으로 간다
> ⑤ 소 뒷걸음질 치다 쥐 잡는다

1 스마트폰과 태블릿 PC의 보급으로 전자책 시장이 엄청나게 성장할거라 예상했지만 기대와 달리 소비자들의 호응을 받지 못하고 있는 것으로 밝혀졌다. (　　)

2 한때 잘나가는 연예인이었지만 불법 도박으로 인생의 밑바닥까지 내려갔던 한 개그맨이, 도박 중독을 극복하고 새로운 인생을 살게 된 이야기를 들려주었다. (　　)

3 평소에 남을 돕지 않고 나쁘게 구는 사람이 어려운 상황에 처하면 주변 사람들이 결코 도와주려고 하지 않지만 평소에 남을 돕고 살면 언젠가는 자신이 도움을 받을 때가 생긴다. (　　)

4 처음에는 정말 좋던 광고 기획이 틀어질 때가 있는데, 광고주의 의견이나 광고 모델 기획사의 의견 등 여러 요구를 반영하다 보면 엉뚱한 결과물이 나올 때가 많기 때문이다. (　　)

5 주식에 대해 아무것도 모르는데 별 생각 없이 투자한 곳에서 큰 이익을 얻었다. (　　)

2 다음 상황과 어울리는 속남을 고르십시오.
請選出與下列情境相符的俗諺。

---

① 빈 수레가 요란하다

② 새 발의 피

③ 서당 개 삼 년에 풍월을 한다[읊는다]

④ 선무당이 사람 잡는다

⑤ 세 살 버릇이 여든까지 간다

---

1 돈이 정말 많은 부자들에게는 몇천만 원 정도 하는 자동차를 사는 것은 전혀 부담이 되지 않는다. (   )

2 아들은 어렸을 때부터 내가 주방에서 요리를 하면 자꾸 와서 구경을 하더니 보고 배운 게 있는지 요리를 제법 잘한다. (   )

3 아는 것이 없고 가진 것이 없는 사람일수록 모임에서 큰 소리로 허풍을 떨거나 계속 떠들면서 자신의 부족함이 드러나지 않게 포장하려고 한다. (   )

4 팔이 아파서 의대생인 친척에게 치료를 받았는데 치료받고 나서 오히려 팔을 쓸 수 없게 되어 버렸다. (   )

5 아무리 작은 거짓말이라도 아이가 거짓말을 했을 땐 따끔하게 혼내 주어야 하는데, 거짓말을 하는 습관을 갖게 되면 평생 거짓말쟁이로 살아갈 수 있기 때문이다. (   )

08

071 소 잃고 외양간 고친다 TOPIK 22

소를 도둑맞고 난 이후에 외양간의 허술한 부분을 고친다는 뜻으로, 일이 이미 잘못된 뒤에는 손을 써도 소용이 없다는 말

指牛被偷走之後，才整修破舊不堪的牛棚；比喻等到出問題後，才採取措施，已於事無補。

➜ 이미 강도 사건이 일어나고 나서 현관문과 창문을 고치는 건 소 잃고 외양간 고치는 식이다.

搶劫事件發生後，才修理大門和窗戶，等同「亡羊補牢」。

> **외양간 [——間]**：牛、馬棚

072 속 빈 강정 TOPIK 30

겉만 그럴듯하고 실속이 없다.

比喻虛有其表、內在空洞。

➜ 공기업에 취직하면 안정적으로 돈을 많이 벌 것 같은데 실상은 속 빈 강정인지라 오래 다니지 못하고 그만두는 사람들이 많다.

雖然在國營企業上班，會有穩定可觀的收入，但其實只是虛有其表，很多人待沒多久就離職了。

> **강정**：江米塊，為一種韓國傳統餅乾。

073 쇠귀에 경 읽기

아무리 가르치고 알려줘도 알아듣지 못하거나 효과가 없다.

指無論怎麼說明或解釋，都聽不懂或沒有任何效果。

→ 아들녀석에게 집에 오면 손부터 씻고 옷을 가지런하게 벗으라고 매일 말해도 쇠귀에 경 읽기다.

每天都對兒子說，回到家要先洗手，再把衣服脫好放整齊，根本是對牛彈琴。

경 [經] : 經書

---

074 수박 겉 핥기

사물의 속 내용은 모르고 겉만 건드리는 일

比喻未深入了解，僅止於表面。

→ 직장에서 하는 건강 검진은 너무 간단하게 수박 겉 핥기 식으로 해치워 버린다.

公司辦理的健康檢查過於簡略，如同蜻蜓點水般，一下子就檢查完了。

배가 가야 할 방향으로 부는 바람이 불 때 돛을 달면 배가 빨리 간다는 뜻으로, 일이 뜻한 대로 잘 진행된다는 말

指在風順著船隻航行的方向吹時，掛上風帆，便能讓船航行得更快；比喻事情如預期般，進展十分順利。

➔ 그는 하는 일마다 잘 되지 않아 지친 상태였지만 지금의 아내를 만난 이후로 순풍에 돛을 단 배처럼 모든 일이 순조롭게 잘 풀려갔다.

他總是諸事不順，並為此感到疲憊。然而，自從遇見現在的老婆後，如同一帆風順，一切都得以順利解決。

순풍 [順風] ：順風
돛：帆

---

076 싼 것이 비지떡

값이 싼 물건은 품질도 그만큼 나쁘다.
指價格低廉的東西，品質也相對較差。

➔ 시장에서 옷을 싸게 팔길래 사왔는데 싼 것이 비지떡이라고 몇 번 입고 빨았더니 금세 낡아서 입을 수가 없다.

市場賣的衣服很便宜，所以才買回來。但是正所謂「便宜沒好貨」，穿沒幾次洗過之後，馬上就破舊不堪，沒辦法再穿。

비지떡：豆渣糕，為年糕的一種。用來比喻沒有價值、不怎麼樣的東西。

---

077 아니 땐 굴뚝에 연기 날까

원인이 없으면 결과가 있을 수 없다.
指凡事都有因和果。

➔ 전혀 사실이 아닌 소문이 나기도 하는데 사람들은
'아니 땐 굴뚝에 연기 날까'라는 생각을 하며 소문
을 그냥 믿기도 한다.
有時傳聞並非事實，但人們卻認為「無風不起
浪」，還是選擇相信。

> **때다**：生（火）
> **굴뚝**：煙囪

078 열 길 물속은 알아도 한 길 사람의 속은 모른다

사람의 속마음을 알기란 매우 힘들다.
比喻要了解人心，是件相當困難的事。

➔ 오랜 친구라도 가끔은 아주 멀게 느껴질 때가 있다.
열 길 물속은 알아도 한 길 사람의 속은 모른다고,
오래 친구로 지냈어도 그 사람의 마음을 잘 알기는
어려운 일이다.
就算是老朋友，有時也會讓人感覺有種距離感。
正所謂：「知人知面不知心」，就算是認識很
久的朋友，也難以完全了解那個人的內心。

> **길**：丈，為長度單位，一丈約為2.4～3公尺。

079 열 번 찍어 안 넘어가는 나무 없다

아무리 뜻이 강한 사람이라도 여러 번 권하거나
달래면 결국은 마음이 변한다는 말
比喻無論意志多麼堅強的人，只要多次勸說或
安撫，最終仍會改變心意。

→ 내가 선생님께 노래를 배우고 싶다고 찾아갔을 때
처음에는 거절하셨지만 거의 매일 찾아가서 부탁
드렸더니 열 번 찍어 안 넘어가는 나무 없다고 결
국에는 배울 수 있게 되었다.
我想找老師學唱歌，起初他拒絕了我。但是正
所謂「滴水能穿石」，我幾乎天天上門拜託，
最後他終於答應教我。

080 열 손가락 깨물어 안 아픈 손가락이 없다

자기 가족은 다 귀하고 소중하다.
比喻自己的家人都很珍貴。

→ 부모는 자식이 예뻐도 걱정이고 못나도 걱정이라
는데 정말 열 손가락 깨물어 안 아픈 손가락이 없
다는 말처럼 자식을 생각하면 늘 마음이 아프다고
한다.
孩子長得漂亮父母會擔心，長得不好看也會擔
心。真的就像「手心手背都是肉」這句話一樣，
一想到自己的孩子，總會感到心疼。

1 다음 상황과 어울리는 속담을 고르십시오.
請選出與下列情境相符的俗諺。

> ① 쇠귀에 경 읽기
> ② 수박 겉 핥기
> ③ 싼 것이 비지떡
> ④ 아니 땐 굴뚝에 연기 날까
> ⑤ 열 길 물속은 알아도 한 길 사람의 속은 모른다

1 여행을 갔는데 가이드가 관광지는 대충 보게 하고 쇼핑하는 곳에만 데려가서 제대로 관광을 즐기지 못했다. (　　　)

2 아들에게 나중을 위해서 저축을 하라거나 열심히 일하라고 말했지만 전혀 귀 담아 듣지 않고 노력도 변화도 없이 지낸다. (　　　)

3 10년 넘게 함께 사업을 해 왔고 서로 모든 것을 알고 있다고 생각했던 친구가 나 몰래 다른 사업을 준비하고 있었다. (　　　)

4 사실과 완전히 다른 소문도 있지만 대부분의 소문들은 그럴 만한 이유가 있어 서 생기게 된 것이다. (　　　)

5 시장에서 천 원 주고 사온 티셔츠를 한 번 입고 빨았더니 구멍이 나서 버려야 했다. (　　　)

2 다음 상황과 어울리는 속담을 고르십시오.

請選出與下列情境相符的俗諺。

① 소 잃고 외양간 고친다
② 속 빈 강정
③ 순풍에 돛을 단 배
④ 열 번 찍어 안 넘어가는 나무 없다
⑤ 열 손가락 깨물어 안 아픈 손가락이 없다

1 내 아들딸들은 다 커서 각자의 가정을 이루고 살고 있지만 아직도 나는 자식들을 생각하면 한 명도 빠짐없이 미안한 마음이 든다. (　　　)

2 한국의 여성 교육 수준은 이전에 비해 상당히 높아졌지만 대졸 이상 여성의 고용률은 다른 나라에 비해 낮은 것으로 알려졌다. (　　　)

3 건물이 무너질 수도 있다는 말이 많았지만 관계자들은 별다른 조치 없이 그저 두고 보기만 했고 사고가 발생하고 나서야 어설프게 수습하고 사고 예방을 강조하는 모습을 보였다. (　　　)

4 혼자 시작해서 어렵기만 했던 사업이 우연히 뉴스에서 홍보가 되고 정부의 중소기업 지원 정책도 받으면서 날로 번창하고 있다. (　　　)

5 대학교 때부터 오랫동안 짝사랑한 여자에게 1년 넘게 끈질기게 구애를 했는데, 처음에는 절대 싫다며 도망가더니 결국 마음을 움직이고 사귀게 되었다. (　　　)

09

081 오르지 못할 나무는 쳐다보지도 마라

불가능한 일에 대해서는 처음부터 욕심을 내지 않는 것이 좋다.
指對於不可能辦到的事，最好從一開始就不要有貪念。

→ 오르지 못할 나무는 쳐다보지도 말라는 것처럼 자기 능력이 부족한 걸 알면서 대기업에 지원을 하는 건 시간 낭비라고 생각한다.
如同「不要好高騖遠」所述，明知自己的能力不足，還去應徵大公司，我認為是在浪費時間。

082 옥에 티 TOPIK 2

훌륭하거나 좋은 것에 있는 사소한 흠
指優秀、美好的事物，有著微小的缺陷。

→ 그분이 쓰신 글은 너무나도 아름답고 감동적이었지만 맞춤법이 틀린 부분이 눈에 보여서 옥에 티라고 느껴졌다.
他撰寫的文章十分優美動人，但是錯字卻清晰可見，讓人感覺美中不足。

083 우물 안 개구리

① 넓은 세상의 형편을 알지 못하는 사람

指不了解世界何其廣闊之人。

→ 그는 여태 한 동네에서 벗어난 적이 없었고 부모님의 일을 이어받아서 하느라 다른 세상에는 관심조차 갖지 못했던 우물 안 개구리다.

他從未離開過村莊，又從父母那繼承家業，從不曾對外面的世界感興趣，猶如井底之蛙。

② 보고 들어서 얻은 지식이 좁아 자기만 잘난 줄 아는 사람

指見識短淺，卻自以為很厲害的人。

→ 외국 한 번 가보고는 세계를 다 둘러보고 온 듯 뽐내는 그 사람의 모습이 우물 안 개구리 같았다.

那個人出國一次，回來後便表現出一副去環遊世界的樣子，猶如井底之蛙。

084 울며 겨자 먹기

맵다고 울면서도 겨자를 먹는다는 뜻으로, 싫은 일을 억지로 하는 것

意為明明會辣，卻還是邊哭邊吃芥末，比喻強迫去做討厭的事。

→ 시험 응시료가 비싸서 부담이 될 법도 한데 많은 취업 준비생들은 취업을 위해 울며 겨자 먹기로 영어 시험을 보고 있다.

雖然考試報名費用高，多少會造成負擔，但還是有許多為就業準備的人，硬著頭皮參加英語測驗。

085 원님 덕에 나팔 분다

남의 덕분에 스스로의 능력이나 지위로는 할 수 없는 행동을 하게 되거나, 호화로운 대접을 받고 뽐낸다.

指託他人的福，做到自己的能力或地位無法完成的行為，或是受到頂級待遇。

→ 엄청난 부자인 친구와 함께 다니면 모든 사람들이 나에게도 친절하게 대접해 주는 것이 꼭 원님 덕에 나팔 부는 기분이다.

如果和超級有錢的朋友走在一起，所有人都會善待我，這種心情就像「沾了別人的光」一樣。

원님 [員一]：守令，為朝鮮時代掌管村落的地方官。

---

086 원숭이도 나무에서 떨어진다

어떤 일을 아무리 익숙하게 잘하는 사람이라도 실수할 때가 있다.

指人對於越是熟悉、擅長的事，也會有失誤的時候。

→ 아나운서는 정확한 발음으로 뉴스를 전달하는 일이 직업인데 원숭이도 나무에서 떨어지는 것처럼 아나운서도 가끔 말이 꼬이는 실수를 할 때가 있다.

主播的工作是用準確的發音播報新聞，但就像「人有失足，馬有失蹄」一樣，主播偶爾也會有口誤的狀況發生。

087 윗물이 맑아야 아랫물이 맑다

윗사람이 잘하면 아랫사람도 따라서 잘하게 된다.
指上面的人做得好，下面的人也會跟著做好。

→ 윗물이 맑아야 아랫물이 맑다고, 팀장이 게으르게
일을 미루니 그 아래 직원들도 제대로 일하는 사람
이 없다.
正所謂「上樑不正下樑歪」，組長懶散拖延工
作，所以他底下也沒有認真工作的員工。

088 의사가 제 병 못 고친다 TOPIK 24

자기가 자신에 관한 일을 좋게 해결하기는 어려워
서 남의 손을 빌려야만 한다.
指自己難以處理好與自己有關的事，得藉由他
人之手完成。

→ 의사가 제 병 못 고친다고 하더니 학교에서 학생들
을 엄하게 잘 가르치는 선생님이 자기 자식 교육에
있어서는 애를 먹고 있다.
所謂「醫者不自醫」，在學校善於嚴格管教學
生的老師，卻在教育自己的孩子上吃盡苦頭。

089 입에 쓴 약이 병에는 좋다

충고나 비판이 당장은 듣기에는 안 좋지만 그 충고를 받아들이면 자기에게 이롭다.

指聽到忠告或批評的當下，雖然會感覺不舒服，但若願意接受忠告，便對自己有益。

➔ 엄마의 충고에 순간 기분이 상했지만 입에 쓴 약이 병에는 좋다고 하니 너무 속상해하지 말아야겠다.

媽媽的一番忠告瞬間讓我感到很傷心，但想到俗話說：「良藥苦口」，便覺得沒必要太難過。

090 쥐구멍에도 볕 들 날 있다

몹시 힘든 상황에서도 좋은 일이 생길 때가 있다.

指即使在非常艱辛的狀況下，也可能會有好事發生。

➔ 다니던 직장이 망하는 바람에 우선 아르바이트로 생활을 하고 있지만 쥐구멍에도 볕 들 날 있다고 생각하며 열심히 살고 있다.

因為原本上班的公司倒閉，只好先靠打工維生，但我想著「時來運轉」，認真過生活。

1 다음 상황과 어울리는 속담을 고르십시오.
請選出與下列情境相符的俗諺。

---

① 옥에 티
② 우물 안 개구리
③ 윗물이 맑아야 아랫물이 맑다
④ 의사가 제 병 못 고친다
⑤ 쥐구멍에도 볕 들 날 있다

---

1 사극에서 종종 에어컨이나 가로등 같은 현대식 장치들이 화면에 잡혀 시청자들의 집중을 방해하는 요인이 되기도 한다. (   )

2 꼴찌만 계속 하고 인기도 없던 야구팀에 이번에 최고 인기 선수가 영입되자 조금씩 팬이 생기고 성적도 좋아지고 있다. (   )

3 어떤 사람은 섬에서 평생을 살면서 세상은 전부 바다로 둘러싸여 있고 사람은 누구나 해산물을 즐겨 먹는다고 생각했다. (   )

4 친구 중에 주변 사람들끼리 소개시켜 주길 좋아하던 친구가 있었는데, 남들은 잘 이어 주면서 정작 본인은 아직 연애를 한 번도 못 해 봤다. (   )

5 그 학생의 형과 누나가 모두 공부를 열심히 하고 예의 바른 학생이었는데 막내도 보고 배운 게 있는지 처음 입학했을 때부터 성실하고 착하게 학교 생활을 하더라. (   )

2 다음 상황과 어울리는 속담을 고르십시오.
請選出與下列情境相符的俗諺。

> ① 오르지 못할 나무는 쳐다보지도 마라
> ② 울며 겨자 먹기
> ③ 원님 덕에 나팔 분다
> ④ 원숭이도 나무에서 떨어진다
> ⑤ 입에 쓴 약이 병에는 좋다

1 가족의 조언은 가끔 상처가 될 정도로 혹독할 때가 있지만 그래도 가장 나를 생각해 주는 사람이 하는 말이라 새겨들으면 좋다. (　　　)

2 집주인이 갑자기 집세를 올려 주거나 방을 빼라고 했는데, 당장 갈 곳이 없었기에 어쩔 수 없이 어려운 형편에 월세를 더 내줬다. (　　　)

3 이삿짐 센터를 20년 넘게 운영해 오신 아버지도 가끔 이삿짐에 흠집을 내는 실수를 하실 때가 있다. (　　　)

4 수돗물에서 급성 장염이나 간염 등 각종 질환을 일으키는 바이러스가 검출됐다는 보도에 정수기업체, 생수 판매업체가 큰 수익을 챙겼다. (　　　)

5 자신의 한계를 넘는 목표를 세우면 달성하지 못하면서 느끼는 스트레스가 엄청나므로 분수에 맞는 목표를 세우는 것도 중요하다. (　　　)

10

091 지성이면 감천이다 TOPIK 30

정성을 다하면 하늘도 감동한다는 뜻으로, 무슨
일에든 정성을 다하면 어려운 일도 순조롭게 풀리
고 좋은 결과를 맺는다는 말

意為只要全心全意去做，便能使上天感動；比
喻無論什麼事，只要全心全意去做，再困難的
事，也能順利解決，取得好結果。

→ 병든 남편을 10년이 넘는 시간 동안 지극 정성을
다해서 보살폈는데 지성이면 감천이었는지 남편
의 병이 나아지고 있다.

長達十年的時間，我悉心照顧生病的老公，也
許是「精誠所至，金石為開」，老公的病情正
在逐步好轉。

> 지성 [至誠]：指極大的誠意。
> 감천 [感天]：誠意十足，使上天感動。

092 천 리 길도 한 걸음부터

무슨 일이나 그 일의 시작이 중요하다.
指無論任何事，重要的是開始。

→ 수영을 배워 보려다가도 물이 무서워서 계속 망설
였는데 천 리 길도 한 걸음부터라고 하니 우선 시
작을 해 보는 게 좋겠다.

我本來想學游泳，因為怕水一直猶豫不決。但
俗話說：「千里之行，始於足下」，還是先做
再說才對。

093 친구 따라 강남 간다

하고 싶지 않은 일이지만 남에게 이끌려서 덩달아 하게 된다.

指自己並不想做，卻因為被別人牽著走，就盲目跟著做。

➜ 나는 돈을 은행에 저금하는 것이 좋은데 자꾸만 친구들이 같이 사업을 하자고 조르는 바람에 친구 따라 강남 가는 식으로 시작하게 되었다.

我認為把錢存在銀行裡比較好，但朋友們卻一直纏著我要合夥創業，所以我便盲目地跟從朋友開始做。

094 티끌 모아 태산

아무리 작은 것이라도 모이고 모이면 나중에 큰 덩어리가 된다.

指就算是再小的東西，只要持續堆積，就能聚集成一大團。

➜ 티끌 모아 태산이라더니 매주 받는 용돈을 아껴서 만 원씩 모았더니 1년 동안 50만 원이 넘는 돈을 모을 수 있었다.

俗話說：「積沙成塔」，每週收到的零用錢，我會省著用，把一萬韓元存起來。結果一年下來，便存到超過五十萬韓元的錢。

티끌：塵埃

하나를 보면 열을 안다

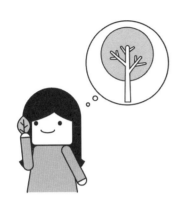

일부만 보고도 전체를 알 수 있다.
指僅看一部分，便能得知全貌。

→ 경력이 오래된 면접관들은 지원자가 면접을 보러 들어오는 자세와 표정 등 첫인상 하나만 보면 열을 안다고 한다.
據說經驗老道的面試官，光看求職者走進來面試時的姿態、表情等第一印象，便能見微知著。

하늘은 스스로 돕는 자를 돕는다

하늘은 스스로 노력하는 사람을 성공하게 만든다는 뜻으로, 어떤 일을 이루기 위해서는 자신의 노력이 중요함을 이르는 말
意為上天會幫助靠自己努力的人邁向成功；比喻無論想達成什麼事，重點在於自身的努力。

→ 일이 잘 안 풀린다고 하늘을 탓해 봐야 변하는 건 없을 뿐더러 하늘은 스스로 돕는 자를 돕는다고 하니 열심히 노력하는 자세가 가장 중요하다.
工作不順，即使怨天尤人，也不會有任何變化。
況且俗話說：「天助自助者」，最重要的還是認真努力的態度。

097 하늘의 별 따기

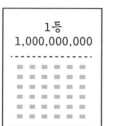

무엇을 얻거나 성취하기가 매우 어려운 경우
指很難獲得某樣東西，或很難做到某件事。

➔ 인기 가수의 콘서트 티켓 예매는 하늘의 별 따기
　수준으로 경쟁이 치열하다.
　預訂當紅歌手的演唱會門票，猶如海底撈針，
　競爭相當激烈。

098 한 우물만 판다　`TOPIK 27`

한 가지 일에 온 정신을 다 기울여 끝까지 한다.
指全心全意專注在一件事上，並堅持到底。

➔ 그는 30년 동안 국수에만 전념하고 한 우물만 파
　왔던 국수 장인이다.
　他三十年來只專注在麵條上，是位持之以恆的
　麵條達人。

099 호랑이도 제 말 하면 온다

① 어느 곳에서나 그 자리에 없는 사람을 흉보면 안 된다.

指不管在哪，都不應該說不在場者的壞話。

→ 호랑이도 제 말 하면 온다는데 지금 옆에 없다고 부장님 욕을 하는 건 나쁘다.

所謂「說曹操，曹操到」，就算部長人不在旁邊，還是不應該說他的壞話。

② 다른 사람에 관한 이야기를 하는데 우연히 뜻하지 않게 그 사람이 나타나는 경우

指提到與其他人有關的話題時，當事人突然意外出現。

→ 호랑이도 제 말 하면 온다더니 친구들과 함께 여자친구에 대한 이야기를 하고 있었는데 마침 바로 그 자리에 여자친구가 나타났다.

俗話說：「說曹操，曹操到」，我正在和朋友聊女朋友的事，女朋友就剛好出現在那裡。

100 호랑이에게 물려 가도 정신만 차리면 산다

아무리 위급한 일을 당하더라도 정신만 똑똑히 차리면 위기를 벗어날 수가 있다.

指無論遭逢多麼危急的事，只要打起精神振作，便能脫離危機。

→ 바다에서 수영을 하다가 다리에 쥐가 나서 죽을 뻔했지만 호랑이에게 물려 가도 정신만 차리면 산다는 말을 생각하며 침착하게 대처해서 살아남을 수 있었다.

在海邊游泳時，差點因為腳抽筋而死掉，但一想到俗話說：「只要不慌神，不怕被虎咬」，便沈著應對，活了下來。

1 나음 상황과 어울리는 속담을 고르십시오.

請選出與下列情境相符的俗諺。

> ① 지성이면 감천이다
> ② 친구 따라 강남 간다
> ③ 하나를 보면 열을 안다
> ④ 하늘은 스스로 돕는 자를 돕는다
> ⑤ 호랑이에게 물려 가도 정신만 차리면 산다

1 사고를 당하고 다리를 다쳤는데 10년 넘게 물리 치료를 받았더니 조금씩 걸을 수 있게 되었다. (　　　)

2 길에서 불량 학생들에게 붙잡혀 돈을 뺏기고 얻어맞을 뻔했는데 지나가는 아저씨에게 아빠라고 부르며 달려가자 모두 도망가 버렸다. (　　　)

3 친구 중 한 명이 성형 수술을 하고 예뻐지는 걸 보자 같은 그 주변 여자애들이 너도나도 성형 수술을 하고 나타났다. (　　　)

4 쉬운 일 하나도 제대로 하지 못하고 어떻게든 안 하고 도망치려고 하는 걸 보니 복잡한 일을 시키면 어떨지 뻔하다. (　　　)

5 가만히 앉아서 일이 잘되기를 바라는 사람보다 부지런히 나서서 일하는 사람이 성공하는 경우가 더 많다. (　　　)

2 다음 상황과 어울리는 속담을 고르십시오.

請選出與下列情境相符的俗諺。

---

① 천 리 길도 한 걸음부터
② 티끌 모아 태산
③ 하늘의 별 따기
④ 한 우물만 판다
⑤ 호랑이도 제 말 하면 온다

---

1 매일 마시는 커피값을 아끼면 한 달에 10만 원 넘는 돈이 모인다. (   )

2 사람들이 여행을 많이 가는 휴가철에는 비행기표 구하기가 보통 어려운 게 아니다. (   )

3 직장 동료와 함께 사장님에 대해 얘기하고 있었는데 어느새 사장님이 들어와서 우리 뒤에 서 계셨다. (   )

4 다른 업종으로 바꾸지 않고, 메뉴도 이것저것 여러 가지 만들지 않고 오로지 칼국수 한 가지만 30년 동안 장사를 해온 가게가 있다. (   )

5 지금은 한국 사람보다 더 한국어를 잘하는 외국인도 처음에는 ㄱ, ㄴ부터 공부하기 시작했을 것이다. (   )

50

한자성어
漢字成語

001 각양각색 各樣各色

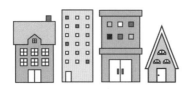

각기 다른 여러 가지 모양과 빛깔
指各種不一樣的形狀和顏色。

➔ 중국 음식점에는 각양각색의 요리가 있다.
中式料理店有各式各樣的菜餚。

📖 近義詞

★ 중국 음식점에는 다양한 (〔多樣〕: 多種的) 요리가 있다.
★ 중국 음식점에는 다채로운 (〔多彩〕: 豐富的) 요리가 있다.

002 감언이설 甘言利說 `TOPIK 26/28/30`

귀가 솔깃하도록 남의 비위를 맞추거나 이로운 조건을 내세워 꾀는 말
指為使人產生興趣，說出迎合他人的話語或提出有利的條件。

➔ 처음에는 감언이설로 꾀어내더니 나중에는 그것이 다 거짓이었다.
起初先用花言巧語哄騙，後來才發現那些全都是謊言。

📖 近義詞

★ 처음에는 달콤한 말 (甜蜜的話語) 로 꾀어내더니…
★ 처음에는 듣기 좋은 말 (好聽的話語) 로 꾀어내더니…

003 갑론을박 甲論乙駁

여러 사람이 서로 자신의 주장을 내세우며 상대편의 주장을 반박함

指大家各持己見，並駁斥對方的主張。

→ 정책 하나를 두고 여러 사람들이 갑론을박을 하고 있다.

　幾個人正對一項政策議論紛紛。

近義詞

★ 정책 하나를 두고 여러 사람들이 논쟁하고 (〔論爭〕：爭論) 있다.
★ 정책 하나를 두고 여러 사람들이 언쟁하고 (〔言爭〕：爭吵) 있다.

004 고진감래 苦盡甘來

쓴 것이 다하면 단 것이 온다는 뜻으로, 고생 끝에 즐거움이 온다는 말

意為苦到盡頭時，甜便會到來；比喻辛苦過後，喜悅降臨。

→ 고진감래라더니 우리 팀은 힘든 훈련을 이겨내고 마침내 우승을 차지했다.

　俗話說：「苦盡甘來」，我們的隊伍克服艱辛的訓練，最終奪得冠軍。

近義詞

★ 고생 끝에 낙이 온다 (辛苦至終，喜樂到來) 더니 우리 팀은 힘든 훈련을 이겨내고…

정도가 지나치면 부족한 것과 같다는 뜻으로, 지나치거나 모자라지 않고 한쪽으로 치우치지도 않는 것이 중요하다는 말

指做得太過火就好比做得不夠一樣；比喻重要的是事情要做得恰到好處，不要偏向其中一邊。

➔ 좋은 말도 자꾸 들으면 지겨워지는데, 과유불급이라는 말처럼 역시 뭐든 적당해야 한다.

好話如果聽太多也會聽膩，正所謂「過猶不及」，凡事適可而止就好。

📘 近義詞

★ 차면 넘친다 (水滿則溢) 는 말처럼 역시 뭐든 적당해야 한다.
★ 넘치면 부족한 것만 못한다 (過猶不及) 는 말처럼 역시 뭐든 적당해야 한다.

아홉 번 죽을 뻔하다 한 번 살아난다는 뜻으로, 죽을 고비를 여러 차례 넘기고 겨우 살아남은 것을 말한다.

意為九次瀕臨死亡邊緣，最後一次活了下來；表示多次歷經生死關頭，好不容易倖存。

➔ 그는 산에서 길을 잃고 구사일생으로 일주일 만에 구조되었다.

他在山上迷路，九死一生，時隔一週才獲救。

📘 近義詞

★ 그는 산에서 길을 잃고 일주일 만에 겨우 (好不容易) 구조 되었다.
★ 그는 산에서 길을 잃고 일주일 만에 가까스로 (總算) 구조 되었다.

007 금상첨화 錦上添花 TOPIK 22

비단 위에 꽃을 더한다는 뜻으로, 좋은 일 위에 또
좋은 일이 더해진다는 말
意為在絲綢上加上花朵；表示接連有好事發生。

→ 이 치약은 충치 예방도 되고 미백 기능까지 있으니
금상첨화라 할 수 있다.
這款牙膏既能預防蛀牙，又具有美白功能，可
謂「錦上添花」。

近義詞

★ 이 치약은 충치 예방도 되고 미백 기능까지 있으니 더할 나위 없이 (再好不過了) 좋다.

008 기고만장 氣高萬丈 TOPIK 25

일이 뜻대로 잘될 때 우쭐해서 뽐내는 모습
指事情順利進展時，表現出一副得意的樣子。

→ 요즘 해외에서 사업이 잘 되는지 김 사장의 태도가
아주 기고만장이다.
也許是最近海外事業進展得十分順利，金社長
的態度非常趾高氣昂。

近義詞

★ 요즘 해외에서 사업이 잘 되는지 김 사장의 태도가 아주 거만하다 (傲慢).
★ 요즘 해외에서 사업이 잘 되는지 김 사장이 아주 우쭐거린다 (驕傲).

009 기절초풍 氣絶 - 風 TOPIK 25

기절할 정도로 몹시 놀라다.
指驚訝到差點昏過去的程度。

→ 그는 기절초풍할 만큼 충격적인 소식을 들려주었다.

他告知的消息，震撼到足以令人魂飛魄散。

近義詞

★ 그는 놀라 자빠질 만큼 (嚇到跌倒) 충격적인 소식을 들려주었다.
★ 그는 기절할 만큼 (昏過去) 충격적인 소식을 들려주었다.

---

010 노심초사 勞心焦思 TOPIK 24

몹시 마음을 쓰며 애를 태우다.
指令人費盡心思與擔憂。

→ 그들은 거짓말이 탄로 날까 봐 노심초사하고 있다.

他們正憂心忡忡，擔心謊言會被拆穿。

近義詞

★ 그들은 거짓말이 탄로 날까 봐 전전긍긍하고 (戰戰兢兢) 있다.
★ 그들은 거짓말이 탄로 날까 봐 애를 태우고 (焦慮不已) 있다.

1 다음 한자성어와 의미를 이으십시오.
請將下方漢字成語連接相對應的意思。

기고만장 •　　　　　　　• 정도가 지나치면 부족한 것과 같다

고진감래 •　　　　　　　• 좋은 일 위에 또 좋은 일이 더해진다

노심초사 •　　　　　　　• 몹시 마음을 쓰며 애를 태우다

금상첨화 •　　　　　　　• 고생 끝에 즐거움이 온다

과유불급 •　　　　　　　• 일이 뜻대로 잘될 때 우쭐해서 뽐내는 모습

2 다음 빈칸에 알맞은 말을 넣으십시오.
請將適當的成語填入下方空格。

각양각색　　감언이설　　갑론을박　　구사일생　　기절초풍

1 사기꾼들은 온갖 ＿＿＿＿＿＿＿ 로 사람을 꼬드긴다.

2 자동차가 강에 빠지는 사고가 일어났지만 ＿＿＿＿＿＿＿ 으로 살아남았다.

3 백화점에 ＿＿＿＿＿＿＿ 의 상품이 전시되어 있다.

4 토론에 참석한 국회의원들이 서로 다른 의견으로 ＿＿＿＿＿＿＿ 하고 있다.

5 수업시간에 몰래 만화책을 보는데 선생님이 갑자기 부르셔서 ＿＿＿＿＿＿＿ 할 뻔했다.

3 가로세로 낱말 잇기
填字遊戲

①		1)		2)			
		②			3)		
	③ 4)			④		5)	
			⑤				
⑥							

橫排

① 음식물을 차게 하거나 상하지 않도록 저온에서 보관하기 위한 상자 모양의 장치
② 귀가 솔깃하도록 남의 비위를 맞추거나 이로운 조건을 내세워 꾀는 말
③ 가사에 곡조를 붙여 목소리로 부를 수 있게 만든 음악
④ 몹시 세차게. 또는 아주 심하게. 아무렇게나 함부로
⑤ 축하하거나 기릴 만한 일이 있을 때, 해마다 그 일이 있었던 날을 기억하는 날
⑥ 끼니로 음식을 먹음. 또는 그 음식

竪排

1) 고생 끝에 즐거움이 온다
2) 옷을 걸어 두도록 만든 물건
3) 그럴 리는 없겠지만. 부정적인 추측을 강조할 때 쓴다
4) 몹시 마음을 쓰며 애를 태우다
5) 아홉 번 죽을 뻔하다 한 번 살아난다

12

011 동고동락 同苦同樂 TOPIK 24

괴로움도 즐거움도 함께하다.
指共同承擔痛苦、享受快樂。

➜ 회사 기숙사에서 동고동락한 동료들과 헤어지게
되었다.
與曾在公司宿舍裡同甘共苦的同事們分開了。

📱 近義詞

★ 회사 기숙사에서 함께 지내던(共同生活) 동료들과 헤어지게 되었다.

012 동문서답 東問西答 TOPIK 25/28

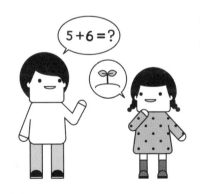

5 + 6 = ?

물음과는 전혀 상관없는 엉뚱한 대답
指回答莫名其妙，與提問毫無關聯。

➜ 그는 종종 동문서답을 해서 사람들을 답답하게 만
든다.
他時常答非所問，令人感到煩悶。

📱 近義詞

★ 그는 종종 묻는 말에 엉뚱한 대답을 해서 (回答不著邊際的話) 사람들을 답답하게 만든다.
★ 그는 종종 질문과는 전혀 다른 대답을 해서(回答與問題毫無關聯) 사람들을 답답하게 만든다.

013　동병상련 同病相憐　

같은 병을 앓는 사람끼리 서로 가엾게 여긴다는 뜻으로, 어려운 처지에 있는 사람끼리 서로 가엾게 여긴다는 말
意為患有同樣疾病的人彼此同情；比喻身處困境的人相互同情。

→ 그는 내가 어릴 적에 고아원에서 만난 친구인데 가족이 없던 우리는 서로를 가족이라 생각하고 동병상련의 마음으로 의지하며 지냈다.
他是我小時候在孤兒院認識的朋友，沒有家人的我們，視彼此為家人，以同病相憐的心情相互依靠過日子。

 近義詞

★ … , 우리는 서로를 가족이라 생각하고 아픔을 나누면서(分擔痛苦) 의지하며 지냈다.

014　동분서주 東奔西走　

동쪽으로 뛰고 서쪽으로 뛴다는 뜻으로, 사방으로 이리저리 몹시 바쁘게 돌아다니는 모습을 말한다.
指東跑西跑之意；比喻四處奔走忙碌的樣子。

→ 그녀는 누명을 쓴 동생을 구하기 위해 동분서주로 뛰어다녔다.
她為拯救被冤枉的弟弟東奔西跑。

近義詞

★ 그녀는 누명을 쓴 동생을 구하기 위해 이리저리 바쁘게(到處奔波) 뛰어다녔다.

015 동상이몽 同床異夢

같은 자리에 자면서 다른 꿈을 꾼다는 뜻으로, 겉으로는 같이 행동하면서도 속으로는 각각 딴생각을 하고 있다는 말

意為睡在同一個地方，卻作著不同的夢；比喻表面上一起行動，內心卻各懷鬼胎。

➔ '가족 같은 분위기'라는 것에 대해 직원들은 가족처럼 편안한 회사를 상상하고 사장은 자신의 가족처럼 헌신해서 일하는 직원을 상상하는 식으로 동상이몽을 한다.

對於「家庭般的氛圍」，員工想像的是像家庭般舒適自在的公司，老闆想像的則是員工像自家人一樣為工作奉獻，兩邊同床異夢。

近義詞

★ …, 가족처럼 헌신해서 일하는 직원을 상상하는 식으로 서로 다른 (彼此看法不同) 생각을 한다.
★ …, 가족처럼 헌신해서 일하는 직원을 상상하는 식으로 각기 다른 (各有各的看法) 생각을 한다.

016 반신반의 半信半疑

어느 정도 믿으면서도 한편으로는 의심한다는 말
指某種程度上相信，另一方面又帶有懷疑。

➔ 처음에는 그가 1등을 했다는 말에 반신반의했지만 성적표를 확인하고 믿게 되었다.

起初聽到他得了第一名，感到半信半疑，看到他的成績單後才相信。

近義詞

★ 처음에는 그가 1등을 했다는 말에 반쯤은 의심했지만 (半信半疑) …
★ 처음에는 그가 1등을 했다는 말에 어느 정도 의심됐지만 (多少有點懷疑) …

017 백발백중 百發百中

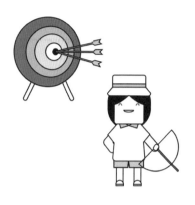

백 번 쏘아 백 번 맞힌다는 뜻으로, 총이나 활 등을 쏘면 맞히려고 하는 곳에 다 맞는다는 말, 무슨 일이나 잘 들어맞음을 뜻한다.

指射一百發箭，一百發都能射中；表示無論是用槍或箭射擊，都能命中目標；比喻無論什麼事，都能準確應驗。

→ 그가 공을 던지면 모두 골대에 들어가는데 그야말로 백발백중이었다.

只要他投球，便能全數射進球門，簡直是百發百中。

📱 近義詞

★ 그가 공을 던지면 모두 골대에 들어가는데 한 치의 오차도 없었다 (絲毫沒有誤差).

018 부전자전 父傳子傳

아버지가 아들에게 대대로 전함. 아버지와 아들의 행동이나 모습이 꼭 닮았을 때 쓰는 말

指父親傳給兒子代代相傳；用於比喻父親與兒子的行為或樣貌極為相像時。

→ 남편과 아들은 식성이나 말투는 물론 자는 모습까지 꼭 닮은 부전자전이었다.

老公和兒子不僅是飲食習慣和說話語氣相似，甚至連睡姿都很像，可謂有其父必有其子。

📱 近義詞

★ 남편과 아들은 식성이나 말투는 물론 자는 모습까지 닮은 꼴이었다 (甚至連睡姿都一個樣).

019 비몽사몽 非夢似夢

완전히 잠이 들지도 잠에서 깨어나지도 않은 어렴풋한 상태

指尚未完全入睡，又未清醒的恍惚狀態。

➜ 아이는 비몽사몽 중에 화장실에 갔다가 거기서 잠들어 버렸다.

孩子在半夢半醒之間去上廁所，在廁所裡睡著了。

📙 近義詞

★ 아이는 잠이 덜 깬 상태로 (在尚未清醒的狀態下) 화장실에 갔다가 거기서 잠들어 버렸다.

020 살신성인 殺身成仁

자기의 몸을 희생해서 남을 사랑하고 어질게 행동하다.

指犧牲自己的性命，以愛護他人、成就仁義。

➜ 소방관들은 위험한 상황에서도 살신성인의 자세로 다른 사람을 구한다.

消防員即使處於危險狀態，也會以捨生取義的精神來救人。

📙 近義詞

★ 소방관들은 위험한 상황에서도 희생정신을 발휘하여 (發揮犧牲精神) 다른 사람을 구한다.
★ 소방관들은 위험한 상황에서도 몸을 사리지 않고 희생하여 (奮不顧身犧牲自己) 다른 사람을 구한다.

1 다음 한자성어와 의미를 이으십시오.
請將下方漢字成語連接相對應的意思。

반신반의 •   • 괴로움도 즐거움도 함께하다

살신성인 •   • 아버지가 아들에게 대대로 전함

동고동락 •   • 어느 정도 믿으면서도 한편으로는 의심한다

동상이몽 •   • 겉으로는 같이 행동하면서도 속으로는 각각 딴생각을 하고 있다

부전자전 •   • 자기의 몸을 희생해서 남을 사랑하고 어질게 행동하다

2 다음 빈칸에 알맞은 말을 넣으십시오.
請將適當的成語填入下方空格。

동문서답   동병상련   동분서주   백발백중   비몽사몽

1 자다 일어나서 _____ 중에 전화를 받아 무슨 말을 했는지 기억이 안 난다.

2 자식을 잃는 아픔을 겪은 사람들끼리 모여 _____ 의 마음으로 서로를 위로하고 있다.

3 신인 농구선수가 공을 던지는 족족 _____ 으로 골인시키는 멋진 경기를 펼쳤다.

4 그 학생은 몇 학년이냐는 질문에 자꾸만 '네'라고 _____ 을 했다.

5 급하게 결혼식 날짜를 잡고 예식장을 구하려고 _____ 했다.

3 가로세로 낱말 잇기
填字遊戲

					① 1)	
	2)		② 3)			
③					④	
⑤ 4)				5)		
		⑥ 6)				
⑦						

橫排
① 뜻밖의 긴급한 사태
② 겉으로는 같이 행동하면서도 속으로는 각각 딴생각을 하고 있다
③ 어느 정도 믿으면서도 한편으로는 의심한다
④ 일의 앞뒤 사정과 까닭
⑤ 남의 아내를 높여 이르는 말
⑥ 동쪽으로 뛰고 서쪽으로 뛴다
⑦ 그 나라에서 발생하여 전해 내려오는 그 나라 고유의 문화

竪排
1) 완전히 잠이 들지도 잠에서 깨어나지도 않은 어렴풋한 상태
2) 자기의 몸을 희생해서 남을 사랑하고 어질게 행동하다
3) 생각이나 의견을 같이함, 다른 사람의 행위를 받아들이거나 인정함
4) 아버지가 아들에게 대대로 전함
5) 물음과는 전혀 상관없는 엉뚱한 대답
6) 어린이를 위하여 지은 이야기. 대체로 교훈적인 내용으로 되어 있다

13

021   상부상조 相扶相助

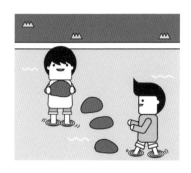

서로서로 돕다.

指彼此互相幫助。

➜ 홍수로 무너진 다리를 고치는데 온 동네 사람들이
상부상조하여 빨리 끝마쳤다.

　由整個社區的人相扶相助，很快就修好被洪水
　沖垮的橋。

 近義詞

★ …온 동네 사람들이 서로 도와서 (互相幫助) 빨리 끝마쳤다.

★ …온 동네 사람들이 서로 힘을 모아서 (齊心協力) 빨리 끝마쳤다.

022   새옹지마 塞翁之馬   `TOPIK 22`

인생은 변화가 많아서 예측하기가 어렵다.

指人生變化多端，難以預料。

➜ 인생사 새옹지마라고 하듯 지금 상황이 좋아도 안
심하지 말고 미래를 위해서 준비하는 자세가 필요
하고 지금 불행하더라도 나중에 행복한 날이 올 수
있으니 힘을 내자.

　如同「人間事，塞翁失馬」所述，即使現在狀
　況很好，也不可以掉以輕心，需為未來做好準
　備；即使現在身處不幸，幸福之日終究會到來，
　所以請打起精神來。

　近義詞

★ 인생을 어찌될지 모르기에 (人生難以預料) 지금 상황이 좋아도 안심하지 말고…

023　설상가상 雪上加霜

눈 위에 서리가 덮인다는 뜻으로, 난처한 일이나 불행한 일이 잇따라 일어난다는 말
指雪上又覆蓋一層霜；比喻令人為難或不幸的事接連發生。

→ 시간도 없는데 설상가상으로 길이 막힌다.
　時間來不及，加上塞車，真是雪上加霜。

📖 **近義詞**

★ 시간도 없는데 더군다나 길까지 막힌다 (加上連路都塞住了).
★ 시간도 없는데 엎친 데 덮친 격으로 길이 막힌다 (加上塞車，壞事接二連三發生).

024　소탐대실 小貪大失　TOPIK 26

작은 것을 탐하다가 큰 것을 잃는다.
指貪圖小利，失去大的利益。

→ 그는 그야말로 소탐대실을 저지르고 말았다. 푼돈에 불과한 뇌물을 받아 챙기다가 걸려서 직장을 잃은 것이다.
　他簡直就是因小失大。為一點小錢收賄，被抓到後失去了飯碗。

📖 **近義詞**

★ 그는 작은 이익에 눈이 멀어 큰 손해를 보고 말았다 (他被眼前的小利所蒙蔽，最後遭受巨大損失).

025 속수무책 束手無策

손을 묶은 것처럼 어찌할 방법 없이 꼼짝 못하다.
指如同雙手被捆綁般，無計可施。

→ 자연재해는 사람이 조절할 수 있는 게 아니어서 그
저 속수무책으로 당할 수밖에 없다.
天災是人無法掌控的，只能選擇默默承受，束
手無策。

近義詞

★ …어찌 할 도리 없이 (無能為力) 당할 수밖에 없다.
★ …그저 꼼짝없이 (無法動彈) 당할 수밖에 없다.

026 시기상조 時機尚早

어떤 일을 하기에 아직 때가 이르다.
指做某件事的時機尚未成熟。

→ 기업의 해외진출이 시기상조라고 판단해서 다음
기회로 미루었다.
判斷進軍海外為時過早，因此延至下一次機會。

近義詞

★ 기업의 해외진출이 아직 이르다고 (還太早) 판단해서 다음 기회로 미루었다.

깊이 잘 생각하다.
指仔細深入地思考。

→ 배우자를 선택하는 것은 일생에 큰 영향을 주는 일이므로 심사숙고를 하여 결정해야 할 것이다.
擇偶對於一生有重大的影響，所以應該深思熟慮後再做決定。

📱 **近義詞**

★ …큰 영향을 주는 일이므로 충분히 고민해 보고 (充分考慮過後) 결정해야 할 것이다.
★ …큰 영향을 주는 일이므로 깊이 생각해서 (深入思考過後) 결정해야 할 것이다.

밥 열 술이 한 그릇이 된다는 뜻으로, 여러 사람이 조금씩 힘을 합하면 한 사람을 돕기 쉽다는 말
指十湯匙的飯就能變成一碗飯；比喻一點一滴集結眾人的力量，便能輕而易舉地幫助一個人。

→ 동네에 혼자 사는 할머니의 집이 태풍으로 망가져 버렸는데 동네 사람들이 십시일반으로 돈을 모아 고쳐 주었다.
社區裡的獨居老奶奶，家遭颱風吹毀，於是社區居民便發揮積少成多的力量，募款來修屋。

📱 **近義詞**

★ …동네 사람들이 조금씩 (一點一滴) 돈을 모아 고쳐 주었다.

029 어불성설 語不成說

말이 조금도 앞뒤가 맞지 않고 옳지 않다.
指言語前後互相抵觸，不太正確。

→ 현대인들은 건강을 지키기 위해 온갖 노력을 하는데 도리어 그런 노력이 스트레스가 되어 건강을 해친다면 이는 어불성설이 아닌가?
現代人竭盡所能維護健康，假如這份努力反倒成為壓力，危害到健康，豈不是自相矛盾？

近義詞

★ …건강을 해친다면 이는 말이 되지 않는 것 (說不過去) 아닌가?
★ …건강을 해친다면 앞뒤가 맞지 않는 일 (前後矛盾) 이 아닌가?

030 역지사지 易地思之

처지를 바꿔서 생각해 보다.
指試著換一下所處位置思考。

→ 주변 사람이 이해할 수 없는 행동을 한다고 비난만 하지 말고 한 번쯤 역지사지의 자세로 상대방의 입장에서 생각해 보면 조금은 이해할 수 있는 부분이 생길지도 모른다.
當身邊的人做出令人難以理解的行為時，不要一味地指責，試著用將心比心的態度，站在對方的立場上思考，也許就能稍稍理解一些。

近義詞

★ …한 번쯤 처지를 바꿔서 (換位思考) 상대방의 입장에서 생각해 보면…

1 다음 한자성어와 의미를 이으십시오.
請將下方漢字成語連接相對應的意思。

상부상조 •　　　　　　• 처지를 바꿔서 생각해 보다

소탐대실 •　　　　　　• 인생은 변화가 많아서 예측하기가 어렵다

심사숙고 •　　　　　　• 깊이 잘 생각하다

새옹지마 •　　　　　　• 작은 것을 탐하다가 큰 것을 잃는다

역지사지 •　　　　　　• 서로서로 돕다

2 다음 빈칸에 알맞은 말을 넣으십시오.
請將適當的成語填入下方空格。

설상가상　　속수무책　　시기상조　　십시일반　　어불성설

1 사업성이 확실하지 않아서 투자하기에 ＿＿＿＿＿＿＿＿ 이므로 좀 더 알아보고 결정해야 한다.

2 적은 돈이라도 여러 사람이 ＿＿＿＿＿＿＿＿ 으로 성금을 모아 불우 이웃에게 전달했다.

3 술을 먹고 운전을 했으면서 음주 운전을 하지 않았다고 말하는 것은 ＿＿＿＿＿＿＿＿ 이다.

4 가게에 불이 나는 바람에 급하게 몸은 대피했지만 물건이 타는 것을 그저 ＿＿＿＿＿＿＿＿＿＿ 으로 바라볼 수밖에 없었다.

5 밀린 일을 아직 다 처리하지 못했는데 그 와중에 새로운 일이 생기는 ＿＿＿＿＿＿＿＿＿＿ 인 상황이다.

3 가로세로 낱말 잇기
填字遊戲

橫排

① 난처한 일이나 불행한 일이 잇따라 일어난다
② 사업을 벌이고 있는 장소
③ 어떤 일을 하기에 아직 때가 이르다
④ 가족이 일상 모여서 생활하는 공간
⑤ 장식으로 손가락에 끼는 고리
⑥ 손을 묶은 것처럼 어찌할 방법 없이 꼼짝 못하다

竪排

1) 서로서로 돕다
2) 상품을 사고 팔아서 이익을 얻는 일
3) 작은 것을 탐하다가 큰 것을 잃는다
4) 여러 사람이 조금씩 힘을 합하면 한 사람을 돕기 쉽다는 말
5) 어떤 상태가 오래 계속됨
6) 자신이 맡은 직책에 관련된 여러 가지 일을 처리하는 일

14

031 유언비어 流言蜚語

아무 근거 없이 널리 퍼진 소문
指毫無根據、廣為流傳的謠言。

→ 그 배우는 자신의 결혼 소문이 유언비어라며 불쾌
하다고 말했다.

那位演員表示他結婚的傳聞為流言蜚語，並為
此感到不快。

近義詞

★ 그 배우는 자신의 결혼 소문이 근거 없는 말 (毫無根據) 이라며 불쾌하다고 말했다.
★ 그 배우는 자신의 결혼 소문이 사실무근 (無憑無據) 이라며 불쾌하다고 말했다.

032 유유상종 類類相從

같은 무리끼리 서로 사귄다.
指同類之間相互來往。

→ 술 좋아하는 사람들은 유유상종으로 같이 다닌다.

正所謂物以類聚，喜歡喝酒的人便會聚在一起。

近義詞

★ 술 좋아하는 사람들은 끼리끼리 (成群結伴) 같이 다닌다.
★ 술 좋아하는 사람들은 자기들끼리 어울려서 (與合得來的同類) 같이 다닌다.

033 유유자적 悠悠自適

속세를 떠나서 자유롭고 조용하게 산다.
指遠離塵世，過著自由寧靜的生活。

→ 회사를 그만두고 시골에서 유유자적 살아가는 부
장님의 삶이 부럽다.
部長辭去工作後，到鄉下過著悠然自適的生活，
令人稱羨。

近義詞

★ 회사를 그만두고 시골에서 자유롭고 느긋하게 (自由自在) 살아가는 부장님의 삶이 부럽다.
★ 회사를 그만두고 시골에서 소박하고 편안하게 (簡樸舒適) 살아가는 부장님의 삶이 부럽다.

034 유일무이 唯一無二

둘도 없이 오직 하나뿐이다.
指絕無僅有的唯一。

→ 인간은 누구나 유일무이의 존재이다.
每個人都是獨一無二的存在。

近義詞

★ 인간은 누구나 둘도 없는 단 하나뿐인 (絕無僅有唯一的) 존재이다.
★ 인간은 누구나 세상에 유일한 (世上唯一的) 존재이다.

035 일거양득 一舉兩得

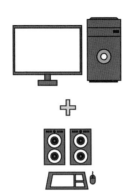

한 가지 일을 하여 두 가지 이익을 얻는다.
指做一件事，得到兩種好處。

→ 시사회에 가면 영화도 보고 배우도 볼 수 있어서
일거양득이다.
參加試映會，既能看電影，又能見到演員，可
謂一舉兩得。

 近義詞

★ 시사회에 가면 영화도 보고 배우도 볼 수 있어서 두 배로(雙倍地) 좋다.

036 일석이조 一石二鳥

**돌 한 개를 던져 새 두 마리를 잡는다는 뜻으로,
동시에 두 가지 이득을 본다는 말**
指扔擲一塊石頭，抓住兩隻鳥；比喻同時獲得
兩種好處。

→ 친환경 비누 사용은 피부에도 좋고 환경 오염도 줄
이는 일석이조 효과를 가져온다.
使用環保香皂不僅對皮膚好，還能減少環境污
染，帶來一石二鳥的效果。

近義詞

★ 친환경 비누 사용은 피부에도 좋고 환경 오염도 줄이는 두 가지 효과를 가져온다(帶來雙重的效果).
★ 친환경 비누 사용은 피부에도 좋고 환경 오염도 줄이는 두 가지 이익이 있다(具備兩種好處).

037 일취월장 日就月將

나날이 나아가고 다달이 발전한다.
指天天向前邁進、每月都有進展。

➜ 오랜만에 대회에 나온 선수에게서 일취월장한 실
력을 볼 수 있었다.

久違參賽的選手，展現出日就月將的實力。

📖 近義詞

★ 오랜만에 대회에 나온 선수에게서 이전보다 발전한 (超越過往) 실력을 볼 수 있었다.
★ 오랜만에 대회에 나온 선수에게서 전보다 훨씬 나아진 (更勝以往) 실력을 볼 수 있었다.

038 일희일비 一喜一悲

한편으로는 기쁘고 한편으로는 슬프다.
指一方面感到高興，另一方面又感到悲傷。

➜ 자신을 잘 알지 못하는 사람들의 평가에 일희일비
하면 스스로 피곤해질 뿐이다.

對於不了解自己的人所做的評論，如果感到悲
喜交加，只會把自己搞得很疲憊。

📖 近義詞

★ …사람들의 평가에 쉽게 기뻐하거나 슬퍼하다 보면 (輕易感到高興或悲傷) 스스로 피곤해질 뿐이다.

039 자업자득 自業自得

자기가 저지른 일의 결과를 자기가 받는다.
指自己闖出的禍，由自己承擔結果。

→ 자꾸 거짓말을 했으니 사람들이 자기를 믿지 않는
다 해도 자업자득일 뿐이다.
老是說謊，使得別人不再相信自己，也只是自
作自受。

近義詞

★ …사람들이 자기를 믿지 않는다 해도 자초한 일이다 (也是自找的).
★ …사람들이 자기를 믿지 않는다 해도 자기가 저지른 일일 뿐이다 (也只是自己闖出的禍).

040 자포자기 自暴自棄

절망에 빠져 자신을 포기하고 돌아보지 않는 상태
指陷入絕望，因而放棄自我、不再回頭的狀態。

→ 그는 자포자기의 심정에 빠져 아무 일도 하지 못하
고 집에만 있었다.
他陷入自暴自棄的狀態，什麼事情都不能做，整
天待在家裡。

近義詞

★ 그는 절망에 빠져 스스로 포기하는 (陷入絕望，處於放棄自我的) 심정으로 아무 일도 하지 못하
고…
★ 그는 스스로 포기하고 낙심하여 (放棄自我、垂頭喪氣) 아무 일도 하지 못하고…

1 다음 한자성어와 의미를 이으십시오.
請將下方漢字成語連接相對應的意思。

유언비어 •   • 같은 무리끼리 서로 사귄다

유유상종 •   • 아무 근거 없이 널리 퍼진 소문

유유자적 •   • 한 가지 일을 하여 두 가지 이익을 얻는다

일거양득 •   • 속세를 떠나서 자유롭고 조용하게 산다

자업자득 •   • 자기가 저지른 일의 결과를 자기가 받는다

2 다음 빈칸에 알맞은 말을 넣으십시오.
請將適當的成語填入下方空格。

유일무이   일석이조   일취월장   일희일비   자포자기

1 이 귀걸이와 목걸이는 직접 손으로 만든 것으로 세상에 둘도 없는 _____ ___ 한 제품이다.

2 시험 점수가 오르지 않아서 _____ 하는 수험생들이 많다.

3 매일 연습해서 실력이 _____ 으로 향상되었다.

4 작은 일에 _____ 하는 모습은 참을성이 부족해 보인다.

5 물물교환을 하면 안 쓰는 물건을 처분하고 필요한 물건을 얻을 수 있어서 _____ 의 효과가 있다.

3 가로세로 낱말 잇기

填字遊戲

	①	1)		2)		
				②		3)
4)				③		
					④	5)
	⑤ 6)		7)			
⑥						
			⑦			

橫排

① 오직 하나뿐이고 둘도 없음
② 사업을 경영하는 사람
③ 외국인에 대한 출입국 허가의 증명
④ 신문, 잡지, 방송에 실을 기사를 취재하여 쓰거나 편집하는 사람
⑤ 한편으로는 기뻐하고 한편으로는 슬퍼함
⑥ 장사를 지내는 의식
⑦ 한 가지 일을 하여 두 가지 이익을 얻음

竪排

1) 돌 한 개를 던져 새 두 마리를 잡는다는 뜻으로, 동시에 두 가지 이득을 봄
2) 사는 곳을 다른 데로 옮김
3) 절망에 빠져 자신을 스스로 포기하고 돌아보지 않음
4) 나날이 다달이 자라거나 발전함
5) 자기가 저지른 일의 결과를 자기가 받음
6) 일본 음식
7) 월요일을 기준으로 한 주의 마지막 날

15

041 적반하장 賊反荷杖

도둑이 도리어 매를 든다는 뜻으로, 잘못한 사람이 아무 잘못도 없는 사람을 지적하거나 꾸짖는다는 말
指小偷反倒拿起棍棒；比喻做錯事的人指責或訓斥沒犯錯的人。

→ 자기가 잘못해 놓고 남을 탓하며 화를 내다니 정말 적반하장이다.
明明是自己做錯事，還氣得責怪別人，真是惡人先告狀。

📱 近義詞

★ 자기가 잘못해 놓고 남을 탓하며 화를 내다니 정말 방귀 뀐 놈이 성내는 꼴(放屁的人還先生氣)이다.

042 전전긍긍 戰戰兢兢 `TOPIK 27/30`

몹시 두려워서 벌벌 떨며 조심하다.
指非常害怕而發抖、小心謹慎的樣子。

→ 그는 자신의 거짓말이 들킬까 봐 전전긍긍하며 눈치를 보았다.
他戰戰兢兢地看別人臉色，生怕謊言被揭穿。

📱 近義詞

★ 그는 자신의 거짓말이 들킬까 봐 조마조마하며(提心吊膽地) 눈치를 보았다.
★ 그는 자신의 거짓말이 들킬까 봐 안절부절하며(坐立難安地) 눈치를 보았다.

이리저리 제 마음대로 휘두르거나 다루다.
按照自己的意思掌控或處置。

➔ 자녀를 한 명만 낳으면서 점점 자녀를 좌지우지하
려는 부모들이 많아지고 있다.

越來越多的父母只生一個孩子，便想要任意擺
佈子女。

近義詞

★ …자녀를 자기 맘대로 조종하려는 (想要隨心所欲地操縱子女) 부모들이 많아지고 있다.
★ …자녀의 인생을 휘두르려고 하는 (想要掌控子女的人生) 부모들이 많아지고 있다.

044 **좌충우돌 左衝右突** `TOPIK 26`

**이리저리 마구 찌르고 부딪침, 아무에게나 또는
아무 일에나 함부로 대하다.**
指恣意到處亂衝撞；比喻隨意對待任何人或事。

➔ 아들 부부가 손자를 맡기고 여행을 갔는데 아이를
돌보는 일에 익숙하지 않아서 좌충우돌의 연속이
었다.

兒子與媳婦把孫子託付給我，夫妻兩人去旅遊。
因為我不習慣照顧孩子，所以發生一連串橫衝
直撞的狀況。

近義詞

★ 아이를 돌보는 일에 익숙하지 않아서 이리저리 부딪치는 일이 많았다 (所以頻頻發生到處衝撞的
狀況).

045 중언부언 重言復言

이미 한 말을 자꾸 되풀이함. 또는 그런 말
指一直重複說過的話或是類似的話語。

→ 그는 술이 취했는지 평소와 다르게 중언부언을 하고 있다.

他可能是喝醉了，一改常態地反覆嘀咕著。

📳 近義詞

★ 그는 술이 취했는지 평소와 다르게 횡설수설하고(胡言亂語) 있다.
★ 그는 술이 취했는지 평소와 다르게 했던 말을 또 하고(重複著他說過的話) 있다.

046 차일피일 此日彼日

미리 정한 때를 자꾸 이 날 저 날 하고 미루는 모양
指原本決定好的時間，一而再再而三往後拖延。

→ 어차피 해야 할 일을 귀찮아서 차일피일 미루면 자기 손해다.

反正是非做不可的事，如果嫌麻煩一拖再拖，就是自己的損失了。

📳 近義詞

★ 어차피 해야 할 일을 귀찮아서 이 날 저 날 계속(總是一天拖一天) 미루면 자기 손해다.

047　천우신조 天佑神助

하늘이 돕고 신령이 도움. 또는 그런 일
指上天或神靈的幫助或是類似的狀況。

→ 강에 빠진 아이가 살아남은 것은 천우신조가 아닐
　수 없었다.
　掉進河裡的孩子得以倖存，不得不說是老天保
　佑。

 近義詞

★ 강에 빠진 아이가 살아남은 것은 하늘이 도운 일(得到上天的幫助) 이 아닐 수 없었다.
★ 강에 빠진 아이가 살아남은 것은 기적(奇蹟) 이 아닐 수 없었다.

048　풍전등화 風前燈火

**바람 앞의 등불이라는 뜻으로, 어떤 사물이나 상황
이 마음 놓기 어려운 위험한 처지에 놓여 있다는 말**
指置於風前方的燭火；比喻處境危險，難以安
心。

→ 부실한 중소기업 직원들은 언제 일자리를 잃을지
　알 수 없는 풍전등화와 같은 상황이다.
　中小企業經營不善，員工們不知道何時會失去
　工作，處於岌岌可危的狀態。

近義詞

★ …언제 일자리를 잃을지 알 수 없는 아주 불안한(非常不安的) 상황이다.
★ …언제 일자리를 잃을지 알 수 없는 바람 앞의 등불과 같은(如同風前的燭火般) 상황이다.

학의 목처럼 목을 길게 빼고 간절히 기다리다.
指像鶴一樣拉長脖子殷切地等待。

➜ 그녀는 군대에 간 애인의 휴가를 학수고대하고 있다.
她翹首盼望去當兵的男友休假。

近義詞

★ 그녀는 군대에 간 애인의 휴가를 목이 빠지게 기대하고 (殷殷期盼地等待著) 있다.
★ 그녀는 군대에 간 애인의 휴가를 눈이 빠지게 기대하고 (望眼欲穿地等待著) 있다.

050 환골탈태 換骨奪胎

사람이 보다 나은 방향으로 변하여 전혀 딴사람처럼 되었다는 말
比喻人朝著較好的方向變化，彷彿完全變了一個人。

➜ 학창 시절 뚱뚱하던 친구가 환골탈태하여 몰라볼 정도로 근사해졌다.
學生時代胖嘟嘟的朋友脫胎換骨，帥到認不出他來。

近義詞

★ 학창 시절 뚱뚱하던 친구가 완전히 다른 사람처럼 변해서 (彷彿完全變了一個人) 몰라볼 정도로 근사해졌다.
★ 학창 시절 뚱뚱하던 친구가 전혀 딴사람처럼 (如今判若兩人) 몰라볼 정도로 근사해졌다.

1 다음 한자성어와 의미를 이으십시오.
請將下方漢字成語連接相對應的意思。

전전긍긍 •　　　　　•어떤 사물이나 상황이 위험한 처지에 놓여 있다

좌지우지 •　　　　　•몹시 두려워서 벌벌 떨며 조심하다

중언부언 •　　　　　•이리저리 제 마음대로 휘두르거나 다루다

천우신조 •　　　　　•이미 한 말을 자꾸 되풀이함. 또는 그런 말

풍전등화 •　　　　　•하늘이 돕고 신령이 도움. 또는 그런 일

2 다음 빈칸에 알맞은 말을 넣으십시오.
請將適當的成語填入下方空格。

적반하장　　좌충우돌　　차일피일　　학수고대　　환골탈태

1 방학 숙제를 _____ 미루다가 개학하기 이틀 전에야 시작했다.

2 성형 수술 후 _____ 한 모습에 못 알아 볼 뻔했다.

3 신입 사원들은 일하는 데 서툴러서 _____ 할 때도 많다.

4 품절된 구두를 주문해 놓고 어서 도착하길 _____ 하고 있다.

5 약속 시간에 늦게 와서는 길이 막혔다고 _____ 으로 화를 내는 친구를 보니 어이가 없다.

3 가로세로 낱말 잇기

填字遊戲

		① 1)		2)		
②	3)			③	4)	
					④	
			5)			
	⑤	6)			⑥	7)
			⑦	8)		
	⑧			⑨		

橫排

① 하늘이 돕고 신령이 도움. 또는 그런 일
② 차를 세워 두도록 마련한 곳
③ 하여 온 일의 결과로 얻은 실적
④ 자신의 언행에 대하여 잘못이나 부족함이 없는지 돌이켜 봄
⑤ 서로 밀접한 관계로 연결되어 있는 여러 것 가운데 한 부분
⑥ 공부나 학문을 장려함
⑦ 화장품을 바르거나 문질러 얼굴을 곱게 꾸밈
⑧ 병이 심하여 위험한 상태
⑨ 멀리 내다볼 수 있도록 높이 만든 대

竪排

1) 지붕의 안쪽
2) 분위기나 일이 되어 가는 상황을 만듦
3) 이 날 저 날 하고 자꾸 기한을 미루는 모양
4) 도둑이 도리어 매를 든다는 뜻으로, 잘못한 사람이 아무 잘못도 없는 사람을 나무람
5) 바람 앞의 등불이라는 뜻으로, 사물이 매우 위태로운 처지에 놓여 있음
6) 사람이 보다 나은 방향으로 변하여 전혀 딴사람처럼 됨
7) 학의 목처럼 목을 길게 빼고 간절히 기다림
8) 총포에 탄알이나 화약을 재어 넣는 일

俗諺

練習題 01

1

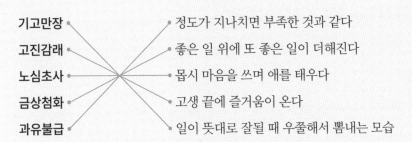

기고만장	정도가 지나치면 부족한 것과 같다
고진감래	좋은 일 위에 또 좋은 일이 더해진다
노심초사	몹시 마음을 쓰며 애를 태우다
금상첨화	고생 끝에 즐거움이 온다
과유불급	일이 뜻대로 잘될 때 우쭐해서 뽐내는 모습

2
1 감언이설
2 구사일생
3 각양각색
4 갑론을박
5 기절초풍

3

냉	장	고		옷		
		진		걸		
		감	언	이	설	
	노	래			마	구
	심				사	
	초			기	념	일
식	사					생

練習題 02

1

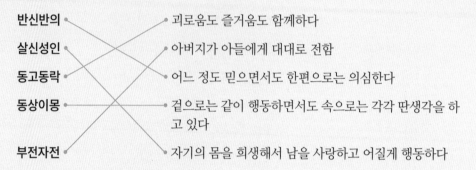

반신반의 •   • 괴로움도 즐거움도 함께하다

살신성인 •   • 아버지가 아들에게 대대로 전함

동고동락 •   • 어느 정도 믿으면서도 한편으로는 의심한다

동상이몽 •   • 겉으로는 같이 행동하면서도 속으로는 각각 딴생각을 하고 있다

부전자전 •   • 자기의 몸을 희생해서 남을 사랑하고 어질게 행동하다

2   1   비몽사몽

     2   동병상련

     3   백발백중

     4   동문서답

     5   동분서주

3

						비	상
	살		동	상	이	몽	
반	신	반	의			사	연
	성					몽	
부	인				동		
전					문		
자			동	분	서	주	
전	통	문	화		답		

1

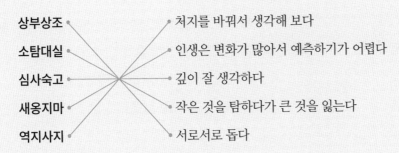

상부상조 •   • 처지를 바꿔서 생각해 보다

소탐대실 •   • 인생은 변화가 많아서 예측하기가 어렵다

심사숙고 •   • 깊이 잘 생각하다

새옹지마 •   • 작은 것을 탐하다가 큰 것을 잃는다

역지사지 •   • 서로서로 돕다

2 **1** 시기상조

     2 십시일반

     3 어불성설

     4 속수무책

     5 설상가상

3

		설	상	가	상	
			부		업	소
십			상			탐
시	기	상	조			대
일					거	실
반	지		업			
	속	수	무	책		

練習題 04

1

유언비어 •　　　　• 같은 무리끼리 서로 사귄다

유유상종 •　　　　• 아무 근거 없이 널리 퍼진 소문

유유자적 •　　　　• 한 가지 일을 하여 두 가지 이익을 얻는다

일거양득 •　　　　• 속세를 떠나서 자유롭고 조용하게 산다

자업자득 •　　　　• 자기가 저지른 일의 결과를 자기가 받는다

2　1　유일무이

　　2　자포자기

　　3　일취월장

　　4　일희일비

　　5　일석이조

3

	유	일	무	이			
		석		사	업	자	
		이				포	
일		조			비	자	
취						기	자
월		일	희	일	비		업
장	례	식		요			자
				일	거	양	득

1

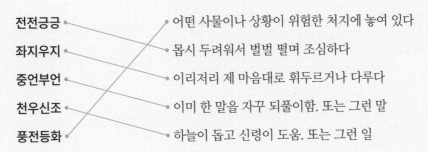

전전긍긍 ●   ● 어떤 사물이나 상황이 위험한 처지에 놓여 있다

좌지우지 ●   ● 몹시 두려워서 벌벌 떨며 조심하다

중언부언 ●   ● 이리저리 제 마음대로 휘두르거나 다루다

천우신조 ●   ● 이미 한 말을 자꾸 되풀이함. 또는 그런 말

풍전등화 ●   ● 하늘이 돕고 신령이 도움. 또는 그런 일

2　1　차일피일

　　2　환골탈태

　　3　좌충우돌

　　4　학수고대

　　5　적반하장

3

		천	우	신	조		
주	차	장			성	적	
	일				반	성	
	피		풍		자		
	일	환	전		장	학	
		골	등			수	
		탈	화	장		고	
	중	태		전	망	대	

memo

memo

memo

memo